园丁的一年

Zahradníkův rok

［捷］卡雷尔·恰佩克◎著

［捷］约瑟夫·恰佩克◎绘

朱茗然◎译

北方联合出版传媒（集团）股份有限公司

万卷出版有限责任公司

ⓒ 卡雷尔·恰佩克　2024

图书在版编目（CIP）数据

园丁的一年 /（捷）卡雷尔·恰佩克著 ；（捷）约瑟
夫·恰佩克绘 ；朱茗然译. -- 沈阳：万卷出版有限责
任公司，2024.5

ISBN 978-7-5470-6455-9

Ⅰ.①园… Ⅱ.①卡… ②约… ③朱… Ⅲ.①散文集
—捷克—现代 Ⅳ.①I524.65

中国国家版本馆CIP数据核字（2024）第045422号

出　品　人：王维良
出版发行：北方联合出版传媒（集团）股份有限公司
　　　　　万卷出版有限责任公司
　　　　　（地址：沈阳市和平区十一纬路29号　邮编：110003）
印　刷　者：辽宁新华印务有限公司
经　销　者：全国新华书店
幅面尺寸：145mm×210mm
字　　数：110千字
印　　张：8
出版时间：2024年5月第1版
印刷时间：2024年5月第1次印刷
责任编辑：王　越
责任校对：张　莹
装帧设计：李英辉
ISBN 978-7-5470-6455-9
定　　价：38.00元
联系电话：024-23284090
传　　真：024-23284448

目 录
Contents

如何打造一座小花园

　　要想打造一座小花园，有多种方法，而最好的方法就是请一位园丁。园丁会在花园里到处插上些小枝小条，甚至是扫帚般的枝杈，他会拍拍胸脯，向你保证说那些是枫树、山楂、丁香、树状或灌木株型的月季，还有其他各式各样的植物。然后他便开始挖土，将土壤翻过来，再重新拍拍平整。他会在园中铺出几条碎石小径，再零零落落地撒上几片枯叶，为多年生植物规划出地盘。

他还会四处播撒草种，好让园子里长出漂亮的小草地，什么英格兰黑麦草、剪股颖、狐尾草、狗尾草、猫尾草，他全都如数家珍。园丁已将一切准备妥当，拍拍双手准备离开，但此时花园里仍是一片赤裸，看上去荒芜得好比《创世记》中第一天的景象。走之前他还不忘提醒你，每天都要仔仔细细浇透每一寸土壤，等小草探出头来，就赶快去订购些沙砾，把小径铺好。好啦，这就差不多了。

有人可能会想，给这么一座小花园浇水应该不是什么难事吧，特别是有浇水软管助力的话。然而，他们很快就会领教到这浇水软管是多么难以驯服。仿佛一头狡猾又危险的野兽，软管上蹿下跳，扭来扭去，不安分地闪转腾挪，在花园里弄出一汪汪水洼，又快活地一头扎进自己造成的泥泞中打滚。突然，软管又转头盯上了想要操纵它的人类，扑过去缠住他的腿。你只能把脚也调动起来，试着把软管踩住，可它又会猛地扬起身子，一个扭转，绕上你的腰和脖子。你累得气喘吁吁，觉得自己像在与一条巨蟒搏斗，而这个野兽也随即张开自己的黄铜大嘴，猛然朝敞开的窗户喷去，将你才挂上不久的窗帘淋个透湿。你必须牢牢把住软管，稳住手臂，而这头野兽将在束缚下痛苦地挣扎，开始向外喷水——这次不是从龙头里出来的，而是从水栓、管身的细小缝隙里喷出。想要驯服这个不听话的软管，至少得三个人齐心合力才能做到。一番鏖战下来，大家个个都浑身湿透，耳朵里也溅上了泥巴；而小花园呢，这边涝成了泥洼，那边却还旱得直冒烟。

日日勤恳浇灌，不出两周，园中就能生出绿

意——却不是我们期待的小草，而是杂草。这是大自然的一大未解之谜：明明种下的是最上乘的草种，怎么长出的杂草反倒一派蓬勃旺盛？或许，若想种出漂亮整洁的小草地，就得反其道而行之，播下杂草的种子才行。到了第三周，园中已郁郁长满了野蓟之类的杂草，四处蔓生，将根须深深扎进土壤里。你想把这些杂草拔掉？可没那么容易，要么就只能拔出草叶，根部还留在土壤里；要么就会将土壤也连带着拔出来。越是惹人生厌的东西，其生命力就越是顽强，大抵如此。

与此同时，碎石小径也不知怎么变了样，原本的沙砾结成了黏土一般的质地，越发黏腻湿滑。

无论如何，对待园中的杂草万万不能手下留情。你埋头拔呀拔呀，将身后希望打造成草坪的区域又一寸寸还原成了《创世记》第一天的寥落景象。只有那么一两块地皮上浮现出了一团绿霉般的东西，稀稀落落的，如青雾般轻盈，又如绒毛般细腻——那便是可爱的小草了！你欣喜地踮起脚，绕着冒尖的小草瞧了又瞧，赶走探头探脑的麻雀；就在你紧盯着地面的时候，茶藨子丛和醋栗丛也已在不知不觉中长出了第一批嫩芽。春天，总是这样倏然而至，让人措手不及。

拥有了这座小花园，你对事物的感知也会发生变化。天降甘霖，你觉得是在灌溉你的花园；丽日当空，你觉得是在哺育你的花园，并非普照大地；到了晚上，你也觉得欢喜，期待花园经过一夜安眠，更加焕发生机。

终有一天，你睁开蒙眬的睡眼，便看到了一片郁郁葱葱的花园：丰茂的草叶上缀着点点露珠，在晨光下亮晶晶的；月季枝头的花苞多而饱满，换上了绯红色的妆容，羞答答地探出头来；园里种下的小树也已根深叶茂，亭亭如盖，苍翠欲滴，树荫下则泛出一股潮湿的气息。这座小花园最初光秃秃的可怜模样，遥看似青绒、近看难寻踪的小草尖儿，植物生长之初掐去的嫩芽，还有打造这座花园的过程中，你所感受到的那种亲近泥土、荒落待理的动人美丽——到这时，都会被你抛之脑后。

好了，美好愿景在前，现在你可别忘了每天浇水、除草，还得从泥土中把小石子都一一挑出来。

如何成为一名园丁

　　说来奇怪，种子、幼苗、种球、根茎、插穗……植物的起点五花八门，但成为一名园丁的起点并不在于这些，而是在于经年累月的经验，以及对周遭环境、自然条件的应对。小时候，我对父亲的花园总是抱有一种不友好的态度，甚至可以说是恶意，因为父亲从不允许我踩踏苗圃，也不让我去摘未熟的果子。我常常想，这就和上帝不许亚当在伊甸园里乱踩乱踏、从善恶树上摘

取未熟的果子差不多吧。然而，就和我们这些孩子一样，亚当也摘下了未熟的果子，因此被逐出了伊甸园；自那以后，善恶树的果实就再也没有成熟过了。

步入风华正茂的青春时代后，人们看到花朵，便会想到将花别在扣眼里作为装饰，或是拿去送给某位姑娘。但青年人往往很难想到，一朵花的绽放，要先熬过一冬的蛰伏，再经过松土、施肥、浇水、移栽、分枝、修剪、捆扎、除草，还要清理结种、枯叶、蚜虫、霉菌……在这个阶段，人们从不把时间用在打理花园上，而是用来追求女孩、满足野心、享受并非出自己手的生活果实；总的看来，青年人的所作所为总以"破坏"为底色。一个人若想在闲暇之余成为一名园丁，心智就必须要足够成熟，或者具备为人父母般的责任感之后。此外还有一个必要条件：拥有一座属于自己的花园。一般来说，大多数人会选择请专业人士来帮自己打造花园，想着等到大功告成，再去坐享现成的花团锦簇、鸟语啁啾。但总有一天，你会亲手种下一株小花，正如我曾栽下一株石莲一样。在这个过程中，泥土也许会钻进你的指甲缝，或者通过别的什么途径进入身体，引得你感染、发炎，但你仍然毫无怨言，因为你已经领会到了做个园丁的乐趣所在。或许，邻居家的花园也会惹得你心痒。你看到隔壁园子里怒放着的剪秋罗，艳羡地大叫："天哪！这么好看的花，怎么就不长在我的花园里呢？不行，不种出比这更好看的花，我决不罢休！"人们对园艺的热情，就这样在一次次成功与失败里日益高涨。然后，他们会被收藏欲冲昏头脑，从名字以"A"打头的芒刺果（*Acaena*）到以"Z"打头的朱巧花（*Zauschneria*），都要亲手种一遍。接下来，有的人可能会对某种植物生出近乎痴迷的偏好，从前只是对园艺有着泛泛的兴趣，这下可好，摇身变成了月季、大丽花，或者其他什么植物的狂热爱好者；还有的人呢，则在审美上产生了执着的追求，来来回回地改造苗圃的布局，调整颜色的搭配，移动花丛的位置，对花园中生长、摆放的一切都要搬来挪去，就像个挑剔的艺术家，对自己的作品怎么也不满意，永远有新的创意。如果有人以为，园艺不过是项让人得以回归自然、沉心静气的消遣，那他可就大错特错了。正如世间大多可为其倾尽所有的爱好一样，园艺也会滋生出一种令人难以餍足的热爱。

现在，我来告诉你该如何辨认一位真正的园

丁。"你一定得来我家啊，"他会说，"我要带你看看我的花园。"你不好拂了人家的面子，如约来到他家，迎接你的却只有他的背影：他正弓着腰，撅着屁股，在一丛多年生植物里埋头忙碌着。"我马上就来！"他扭头冲你喊道，"等我把这株月季种下去就好。""不用着急。"你十分体贴地答道。过了一会儿，他总算种好了花，直起身来，用沾满泥巴的手同你握了握手，露出热情的微笑："快来瞧瞧，别看我的花园小，不过——等等，"他俯身下去，从苗圃上拔去几株杂草，"跟我来，我带你看看我的石竹花吧，肯定能让你大开眼界。哎哟，我怎么忘了给这儿翻土了！"他说着，又立刻弯腰挖起了泥土。过了一刻钟，他终于直起身来。"啊，"他说，"我是想带你看看我的威氏风铃草来着，绝对是最棒的风铃草——等一下，我得把这株飞燕草绑好。"
等绑好后，他又突然想起来："啊，对了，你
是来看我的牦牛儿苗的吧。稍微等我一下，"他
嘟囔着说，"我得把这株紫菀挪走，这里没地方
了。"听到这里，你踮起脚，悄悄地离开了，而
那位园丁还在继续忘我地在园子里忙碌着，撅起
的屁股在多年生植物丛里时隐时现。

　　等你下次见到他，他又会说："你一定得来
我家啊！我有一种花正好开了，是普纳月季，你
肯定没有见过！你会来吧？不见不散！"

　　那好吧，我们这就去瞧一瞧，园丁的一年究
竟是如何度过的。

园丁的一月

"即便在一月，也万万不可怠慢了你的花园。"每本《园艺指南》都会这样告诉你。当然不能怠慢了，到了一月份，园丁需要做的便是：

关注天气

天气真是个让人捉摸不定的怪家伙，总是变化无常，要么冷要么热。气温从不按百年来的正常水平升降，不是低个 5 摄氏度，就是高个 5 摄

氏度。降雨量不是比平均值低上 10 毫米，就是比平均值高上 20 毫米；要么过分干燥，要么就湿答答的，一片泥泞。

对于这样的情况，就连不怎么关心天气的人都免不了抱怨几句，那园丁又该怎么说呢？如果只下了几分细雪，他就会大发牢骚，怎么雪还没落地就不见了；如果大雪纷飞，他便开始紧张，担心积雪压垮自己的针叶树和冬青树。如果压根没有下雪，他又要为可怕的黑霜提心吊胆；等到冰雪消融，他还会咒骂起随之而来的狂风，它们总是坏心眼儿地在花园中胡作非为，把枯枝和遮盖物掀得乱七八糟，甚至连树枝也折断——真是可恶！如果太阳胆敢在一月份照耀得过于和暖，园丁也会如坐针毡，唯恐园中的灌木丛受到诓骗，过早地开始抽芽。如果下雨，可别淋坏了园子里种着的高山花卉；如果不下雨，园丁又心疼起自己的那些杜鹃花。然而，想让他满足倒也不难。要是从一月初开始，温度能保持在零下 0.9 摄氏度，累计降雪量达到 127 毫米（薄薄松松地在地面铺上那么一层），浓云遮日，平静无风，或者从西边吹来些微风……那该有多好啊！但谁又会在乎园丁的想法呢，也没有人问过我们应该如何。所以世界才是这副样子。

对园丁来说，最大的噩梦莫过于下黑霜了。下黑霜时，寒气日复一日、夜复一夜地向深处钻去，泥土冻结得愈发僵劲干硬。此时园丁不禁愁眉难展，担忧着土壤里冻成石头的根须，心疼着被干冷刺骨的寒风吹透的小树枝，还挂念着秋天里承托了植株全部养分、此刻却被冻僵的小种球。快想想办法吧！如果能帮上忙，我情愿为冬青披

上自己的大衣，为刺柏套上自己的裤子。黄香杜鹃，我可以为你脱掉衬衫；矾根草，我会摘下帽子将你盖住；至于你，金鸡菊，我只剩袜子可以给你啦……你们啊，可要懂得感恩哦。

若想骗过天气，使其有所变化，也是有一些诀窍的。比如，每当我决定换上自己最暖和的衣服，气温往往就会上涨几分。如果呼朋引伴，准备进山去滑雪，山上的冰雪也就差不多要开始消融了。还有，若是有人在为报纸撰写文章时，提到了冰霜、冻得通红的脸颊、冰嬉一类的话题，那么还不等这篇文章走出排版室，天气准会开始回暖，等人们读到这篇文章，外面已经下起了温润的小雨，温度计也指向了零上 8 摄氏度左右；然后，读者自然要对报纸嗤之以鼻：这些家伙净在胡言乱语，耸人听闻，让报纸见鬼去吧！不过呢，诅咒、抱怨、詈骂、冷哼、唾弃，或者说些乱七八糟的咒语，对于控制天气可都是一概不顶用的。

在最为人熟知的植物中，有一种所谓的"花"，是生长在窗玻璃上的。要想让这种花生长得蓬勃，房间里就必须得蕴满水汽；如果空气完全干燥，就连一点点结晶都生不出来啦，更不用说漂亮的冰花了。窗户也不能完全关死：只有在冷风吹进窗户的地方，才能结出冰花。这种花往往在穷人家的窗户上长得更好，也是因为有钱人家的窗户过于严丝合缝。

从植物学的角度来看，冰花其实根本算不上花，仅仅是叶子而已。这种叶子长得很像菊苣、欧芹、芹菜，又像菊科、川续断科、爵床科、伞形科等不同科属下的植物。叶片有时看上去毛刺

刺的，活像是棉蓟、球蓟、刺芹、毛红花、起绒草、莨苔什么的；有时排布得又极对称整齐，像是蕨类和棕榈树的叶片；有时则与刺柏的针叶枝条格外形近……但不管怎样，这"冰花"可不会开花。

好了，言归正传——正如《园艺指南》中为安抚园丁所说的："即便在一月，也万万不可怠慢了你的花园。"据说，霜冻能让土壤疏松，有助于翻整土地。好啦，这就动手吧！新年第一天，园丁便迫不及待地跑进花园，准备翻整土壤。只见他操起一把铲子，吭哧吭哧地与如刚玉一般坚硬的土地较量半天，土没翻上几寸，却先折断了铲子。他又拿起了锄头，可太过用力的话，锄柄也会折断！接着，他又换上了尖嘴镐，好不容易才刨出了一个去年秋天埋下的郁金香种球。唯一趁手的工具是锤子和凿子，但如此耕地效率实在太低，没一会儿就叫人精疲力竭了。对了，还有一种方法或许值得一试，那就是用炸药去松整泥土。但这毕竟不是园丁家中常备的东西。算了，别白费力气了，还是耐心等待天气转暖吧！

看吧，等到土地终于苏醒，我们的园丁又会急匆匆地去花园里侍弄泥土了。过了一会儿，他踩着靴子回到屋里时，化冻的泥巴也一同被带了进来。不过他看起来开心极了，居然兴奋地宣告：大地终于又敞开了怀抱！这时，最为紧要的事情便是"为即将到来的春天做好准备"。《园艺指南》如是道："在地下室找块干爽的地方，将腐叶土、堆肥、发酵好的牛粪和少量细沙混合均匀，即可配得上乘的盆栽用土。"太好了！可惜地下室里已经堆满了煤炭和焦炭。唉，主妇们总是把所有的空间都用来存放日常用的杂七杂八；或许可以在卧室里腾出一小块地方，用来配制腐殖土……

"利用好冬天这段时间，对藤蔓架、拱门和凉亭加以修缮。"好主意，不过我没有藤蔓架、拱门和凉亭。"即使在一月，也可以着手铺设草坪。"但是得有地方啊！也许可以在客厅或阁楼上种些小草。"最关键的是，要留心温室里的温度。"好吧，这活儿我爱干，只可惜家里没有温室呀。看来这些《园艺指南》的用处着实有限。

接下来，只能等待再等待！天啊，一月怎么如此漫长！如果是二月该有多好——

"到了二月，花园里就有活儿可做了吗？"

"当然了，没准儿要一直忙到三月份呢。"

此时，园丁全然不觉，番红花和雪花莲已从土壤中悄悄探出了头。

关于种子

有人说应该加入木炭，有人却不以为然；有人说应该加入一点儿黄沙，因为据说里面富含铁元素，又有人用相同的理由反驳了这一观点。除了这些呢，还有人推荐洁净的河沙、泥炭、锯末……简而言之，为种子配制土壤的过程十分玄奥，堪称某种神秘的魔法仪式。你看吧：大理石研磨成的粉末（该去哪里找呢？）、三年的牛粪（没有说清是三岁牛的粪便，还是腐熟了三年的牛粪）、一把取自刚刚挖出的鼹鼠丘上的泥土、旧猪皮靴上的黏土碾成的碎屑、易北河的河沙（伏尔塔瓦河的可不行）、经过三年发酵的温床土、金水龙骨腐熟成的腐叶土、被绞死的处女的坟头土——将这些都均匀地搅拌在一起（不过园艺书并没有告诉你，这个过程到底应当在新月夜、满月夜，抑或仲夏夜进行）。等你将这承载着神秘力量的泥土填入花盆（花盆得先在太阳下晒足三年，再用水浸透，然后在底部放上煮过的陶片和一块木炭；这时就不要再管其他权威人士的反对意见了）——好不容易做完这一切，参考了一大堆互相矛盾的配方，才终于可以开启真正的播种工作。

说起种子，它们的模样可真是千奇百怪——有的像鼻烟；有的像轻巧的金色虱子卵；有的像没有腿的跳蚤，通体暗红，泛着亮光；有的扁平如蜡封；有的鼓胀如圆球；有的纤细如银针。它们或带翼翅，或披尖刺，或覆绒毛，或长须发，或者干脆生得一个赤裸、光滑。种子的大小也有差别，有的活像是只大蟑螂，有的又细如尘埃，轻轻一吹就不见了踪影。我这么说吧，世上的种子林林总总，千差万别，各有各的古怪——毕竟，生命何其复杂！据说，埋下这团顶着绒毛的怪家伙，就会长出一株低矮、干瘦的蓟草；而埋下这些不起眼的黄色微粒，抽出的却是肥厚的子叶。真的假的呢？我可得眼见为实。

话说回来，你的种子播好了吗？花盆浸到温水里，用玻璃盖住了吗？关好窗子，遮住太阳，在房间里打造出一个温度保持在 40 摄氏度上下的小温室来了吗？不错，接下来便是让每一位播种者都兴奋不已的关键环节了——等待。种子的守望者脱掉外套，只穿薄薄的衬衫，却还热得满头大汗、气喘吁吁；他急切地俯下身子，凑近花盆，眼睛四处搜寻着应当已经冒了头的小芽。

第一天，盆中一片冷落。守望者夜里辗转反侧，焦急地等待天明。

第二天，神秘的土壤表面浮现出一簇细绒。这是新生命诞生的迹象，守望者顿时欢欣鼓舞。

第三天，这小生命开始疯狂拔高，抽出长长的、嫩白的茎。此刻，我们的守望者忍不住兴奋得大叫："可算发芽了！"他呵护着这棵小芽，一如母亲对待孩子那般柔情。

第四天，小芽已经长到了不可思议的高度，可守望者心里却打起了鼓，担心这其实只是一棵杂草。很快，结果显而易见，这种担忧并不是没有道理的。这些花盆里最先长出来的纤细修长的东西，往往就是杂草。唉，这大概就是大自然的某种规律吧。

接下来，等到了第八天，或者再晚些时候，真正的第一株小芽就会毫无声息地破开土壤，探出头来；小芽破土而出的这一奇妙瞬间，从不会跟谁事先打好招呼，从不肯让谁正正好好瞅见。从前，我一直以为幼苗是以种子为原点向下生长的，就像根茎一样；或者和土豆的茎一样，直着向上生长。现在，我这么跟你说吧，事实并不是这样的。绝大多数植物都是从种子下方萌发，再向上钻去，将种子像帽子一样戴在头上。想象一下，就好比孩子将母亲顶在脑袋上，向上生长，可堪自然的奇迹！几乎所有种子发芽时，都会完成这样了不起的举动。它们秉着日益坚定的勇气，将种子越顶越高，直到一天，摆脱种皮的重压。

在那之后，小芽便光溜溜、怯生生地独自挺立，有的粗壮，有的纤细，个个都顶着一对极小极小的叶片。而就在这对小叶片之间，似有什么东西即将显现。

姑且让我卖个关子吧，那些都是后话了，你现在看到的只是一根顶着一对小叶子的单薄幼茎。但说来也怪，每种植物的幼苗还都各不相同——我想说什么来着？噢，也没什么特别的，只是——生命之复杂，远非我们可以想象。

园丁的二月

一月份的那些活儿，到了二月也不能松懈，尤其是别忘了继续关注天气。要知道，二月处处潜藏着危机，什么黑霜、烈日、潮湿、干旱、大风，都让园丁时刻惶恐不安。这是全年最短的一个月，却也是最顽劣的一个月；它阴晴不定，反复无常，比其他任何月份都更爱捉弄人。所以，你可一定得当心。在白天，二月之神会将灌木丛的嫩芽忽悠得露出头来；到了晚上，它又会毫不留情地将小芽冻伤。它前脚刚哄得你放松了警惕，后脚就会让你扼腕叹息，大呼上当。闰年多出来的那一天，为什么偏偏要加在这刁蛮任性、诡计多端、易致伤寒又注定短上几天的月份里呢？要我说，这一天就该加到美丽和煦的五月去，这样五月就能有三十二天了，那该多么美妙啊。我们园丁到底做了什么，一定要遭这份罪呢？

二月另有一项任务，那便是捕捉春天到来的第一个讯号。报纸上常说："出现第一只金龟子或者蝴蝶的时候，春天也就来了。"园丁却对此嗤之以鼻：第一，金龟子的出现与春天关系不大，他才不会去关注；第二，我们每年最早看到的蝴蝶，往往是诞生于去年，侥幸活过了寒冬的最后一只蝴蝶。园丁所寻找的春天的讯号，比起这些要牢靠可信得多：

1. 番红花将蓄满力量，在草地上钻出饱满丰盈的尖头。一天，那个尖头会突如其来地迸开（从来没人能亲眼见证），现出其中绿油油的叶子。这便是春天到来的第一个讯号。

2. 《园艺邮购目录》将由邮递员送到家里。就像张口便能颂出《伊利亚特》的开头"女神啊，请为愤怒歌唱"一样，园丁对目录上的植物种类也能倒背如流。从以"A"打头的开始，芒刺果属（*Acaena*）、刺矶松属（*Acantholimon*）、老鼠簕属（*Acanthus*）、蓍属（*Achillea*）、乌头属（*Aconitum*）、沙参属（*Adenophora*）、侧金盏花属（*Adonis*）……园丁早已将这些烂熟于心，但他还是要仔仔细细地从头读到最后的蓝花参属（*Wahlenbergia*）或者丝兰属（*Yucca*），反复纠结着今年要回购哪些品种。

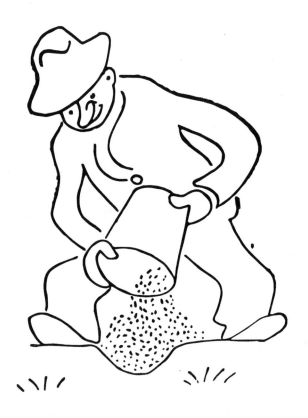

3.雪花莲是宣告春天到来的另一位信使。起初，它们还只是羞涩地从土壤中探出一点儿淡绿色的小脑袋；接着，它们便会分出两片肥厚的叶子，不多也不少。等到二月初，这些雪花莲就会开出杯状的小花，莹白而纤弱，颤悠悠地绽放在一枝浅色的茎上。什么象征胜利的棕榈树、象征荣誉的月桂树，甚至是象征智慧的善恶树，我这么告诉你吧，雪花莲在寒风中摇曳生姿的美丽，是这些植物无法比拟的。

4.从邻居那儿也能得到春日来信。到了某个时刻，他们便会不约而同地拿起铲子、锄头、修枝剪、箍条、树木喷洗剂，还有各种土壤肥料，急匆匆地走进花园；一看到他们的行动，经验丰富的园丁就知道了——春天已经悄然走近。于是，园丁也连忙换上自己的旧裤子，拿着铲子和锄头急匆匆地走进花园，同样向邻居传递着春天到来的讯息。他们隔着篱笆，都笑吟吟的，彼此大声分享着这个好消息。

土地已经苏醒，但尚未萌发绿意；此时的土壤就是它最本初的样子，光秃秃地等待着时机。现在正是疏松土壤、挖整沟渠、施放肥料的好时候。在这个过程中，园丁总会发现自己的园土有这样那样的问题：或许太过黏重容易板结，或许含沙过多保水不足，或许酸性过强难育花草，或许太过干燥急需灌溉……简而言之，园丁满怀激情，准备大干一场，将土壤调理成理想状态。改善土壤的方式有千千万万，还好很多材料并非园丁轻易能弄到的，不然准得让他昏了头。海鸟粪、山毛榉叶、发酵牛粪、陈灰泥、陈泥炭、烂草皮、风干的鼹鼠丘泥、枯枝腐熟成的腐殖土、河沙、

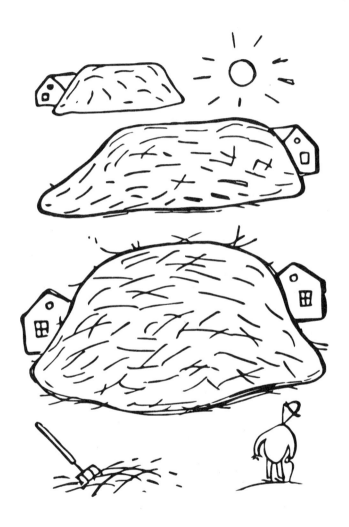

沼泥、塘泥、荒漠土、煤炭、木灰、骨粉、角屑、陈年液肥、马粪、石灰、泥炭藓、腐树根块，还有许多富含营养、质地疏松的好东西，这还没算上那些优质的氮肥、钾肥、磷肥和其他化肥……对于家住在城镇里的园丁，要想找齐这些东西，可真不是件容易事儿。

有时，园丁真想把整座花园的土都彻底翻整一遍，将这些乱七八糟的配料啊、粪便啊都掺拌均匀。唉！可那样的话，园子里哪儿还有地方种花啊？条件有限，那就想些力所能及的办法吧。园丁在家里四处收集蛋壳，将饭后剩下的骨头烧成粉末，扫拢烟囱里的煤灰，刮取水池里的泥沙，当然了，自己剪下的指甲也不能浪费，还有街上那一堆堆漂亮的马粪，更要赶紧铲回家里。园丁会将收集来的这些宝贝都小心翼翼地喂进自己的花园——这可都是富含营养、质地疏松的好东西啊！自打成为园丁以来，他对世间万物的分类只剩两种：要么适合混在土壤里，要么就不适合。园丁有时碍于羞耻心，不好意思上街四处收集马粪；但每当在街上见到一堆特别漂亮完整的粪便时，他总要唉声叹气，这简直是暴殄天物！

农家院子里常有粪便堆成的小山，鲜有人可以想象……我知道，现在有各种各样罐装出售的粉末，什么无机盐、天然提取物、矿渣、粉剂，只有你想不到的，没有你买不到的；你还可以为土壤施放有益的微生物菌剂；你甚至可以打扮得像个科研助理或者药房助手，穿着白大褂在花园里劳作……城里的园丁简直神通广大，可以动用各种手段。但想象一下吧，想象农家院子里一座粪便堆成的小山，颜色棕黄，肥水四溢……

不过，你知道吗？此刻，雪花莲已羞涩地垂下脑袋，披着星状绒毛的金缕梅怒放得正张扬，鹿食草也结出了饱满的花蕾。只要你定下心来，仔细去看（记得要屏住呼吸），就会发现园子里到处都已萌发出花苞和嫩芽；成千上万微小的脉搏共振起来，自土壤向上升腾出无限生机。我们园丁已经按捺不住了；植物的汁液开始充盈，我们的血液也跟着沸腾起来。

园艺之道

从前，看到别人打理得漂漂亮亮的花园，我顶多漫不经心地远远欣赏片刻，觉得这些园丁肯定个个性情柔软，生活充满诗意，天天浸润在鸟语花香中。可现在，我对这些有了更加深入的观察，看法也起了变化：对于一位真正的园丁来说，他侍弄的并不是花草，而是泥土。园丁总是面朝黄土背朝天，埋头挖呀挖，几乎让自己也融进了土里，将地面上的景致都留给了我们这些只会呆

呆看着的游手好闲之徒；他终日生活在地下，用垒得高高的堆肥为自己建起纪念碑。如果哪天，园丁进了伊甸园，他一定会兴奋地饱嗅一顿，感叹道："天啊，多么芬芳的腐殖土！"我想，他肯定顾不上去品尝善恶树上的果实，只顾着四处踅摸，想方设法要从上帝那儿偷运走几车天堂的土壤。他没准儿还会发现，善恶树脚下的树穴没有挖成完美的圆圈，便立马蹲下，捣鼓起脚下的泥土来，浑然不知头顶挂着的是什么神奇的果实。

"亚当，你在哪儿？"上帝呼唤道。"等一会儿吧，"园丁扭过头喊道，"我正在忙呢。"说罢，又继续埋头整理起树穴来。

假如，园丁这种生物从世界之初便通过自然选择逐渐演化，他们现在大概率会成为一种无脊椎动物吧。毕竟，园丁要脊背有什么用呢？只能让他在偶尔直起身来的时候呻吟："我的背好痛！"至于腿，可以通过各种方式折叠起来，比如将脚垫在屁股下面，跪立在膝盖上，甚至将腿盘到自己的脖子上。手指是用来挖洞的好工具，手掌则可以用来击碎、拨开土块。而脑袋呢，负责叼着烟斗呀。那僵硬的脊背只会在园丁试图弓起身子时徒增阻碍。要知道，蚯蚓也是没有脊背的呀。园丁惯于摆出这样的姿势：撅起屁股，叉开双腿，伸着两臂，低头埋在两膝之间，活像匹大嚼青草的母马。有的人费尽心思让自己看起来更高大一些，但园丁偏偏反其道而行之，总是蹲在地上，尽可能把身子折起来，好离土壤再近一些。你不妨留意一下，园丁超过一米高的时候准是罕见。

要想把园子里的土壤侍弄好，不仅得勤快，

各种翻来锄去、挖来填去，还得为土壤找来各种配料，补充养分。做蛋糕再怎么复杂，也比不上配制园土麻烦。就拿我知道的来说吧：牛粪、海鸟粪等一切粪肥，腐叶土，腐殖土，草皮，沙子，石灰，碱性矿渣，钾盐镁矾，硝酸盐，磷酸盐，角粉，草木灰，泥炭，堆肥，爽身粉，水，啤酒，碎烟斗，点过的火柴，死猫……将这些东西通通填进园子里，搅拌均匀，时不时地再添上几味。就像我刚刚说的，园丁很难有什么细嗅蔷薇的闲情逸致，他整日操心的都是"得往土里掺点石灰了"，或者在土壤太过板结时（园丁的原话是"简直像铅块一样！"），寻思着"该找点沙子来"。园艺就此成了一门严密的科学。这么说吧，绽放的月季诚然美丽，却只是给门外汉欣赏的；园丁的乐趣要深入得多，像根须一样直扎入大地的子

宫。等到哪天园丁结束了人间旅程，他可不会因为闻多了花香而变成一只蝴蝶，他呀，只会变成蚯蚓，小口小口地品尝着黑乎乎的、含氮的、略带辛辣的土壤。

现在是春天了，花园对园丁似乎有种难以抵御的引力。每每吃完饭，刚一放下勺子，园丁立刻就扑到苗圃上去了，对着明晃晃的蔚蓝天空展示着自己的屁股。园丁有好多事情要做呢：一会儿将这里晒得暖乎乎的小土块细细捏碎，一会儿把一坨从去年开始腐熟的珍贵粪肥拨到植物根部，一会儿拔出一棵杂草，一会儿又捡起一枚石子……刚刚他还在给草莓苗松土，一转眼的工夫，他又跑到了种生菜的地方，将鼻子都快凑到了泥土上，温柔地抚摸着小苗细弱的根茎。园丁就保持着这样的姿势，享受着春日好时光。在他弓起的身子之上，太阳昂首阔步，漫天云卷云舒，鸟儿也在忙着谈情说爱。樱桃树上满缀的花蕾已经吐蕊，嫩叶怀着甜蜜的柔情舒展开来，乌鸦叽叽喳喳地叫个不停。这时，园丁停下了手里的活儿，直起身子，松快松快僵硬的背部，忧心忡忡地说："等到了秋天，我一定要给园子彻彻底底施遍肥，还要多掺一些沙子！"

不过啊，要想见到园丁站立起来、挺直身子的样子，倒也还是有机会的：通常要等到下午，等园丁来为他的花园施予洗礼的神圣时刻。只见他挺拔如松地站在那儿，驾驭着从水龙头里涌出来的水流——水喷射而出，化成一片银色的雨雾，亲吻着每一寸地皮。松软的土壤顿时逸出了湿润、芬芳的气息，每一片小叶子都被淋得鲜翠欲滴，竟让人生出一种想要薅下一片，塞入嘴巴一尝嫩

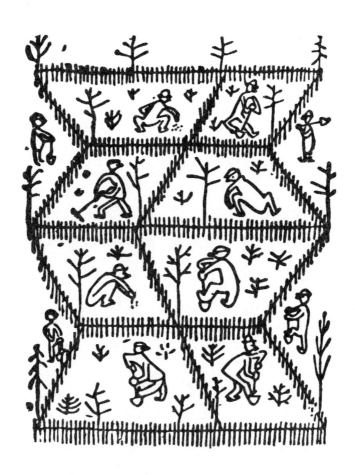

脆的冲动。"好啦，我看它也喝足了。"园丁快乐地低声说道。园丁提到的这个"它"，指的可不是缀满花蕾的小樱桃树，也不是一旁的醋栗丛，而是他心心念念的这片褐色土地。

太阳西沉，夜幕降临，园丁满足地叹了口气："今天真是流了不少汗哪！"

园丁的三月

　　如果我们要按照一贯的实际情况来描述园丁的三月，就必须分清两个概念：哪些是园丁应当做、希望做的，哪些是园丁实际上力所能及的。

　　园丁总是对三月份要干的活儿满怀期待，准备一展拳脚——这也是自然的事情。他所期待的，不过是挪走园子里的枯树枝，让花朵自由地沐浴阳光，锄地、施肥、掘沟、挖土、翻土、松土、耙地、浇水、育苗、分株、扦插、栽种、移植、播种、捆扎、除草、修剪；赶走麻雀和乌鸦；贪婪地饱嗅泥土的芬芳；用手指为小芽拓开通路；为绽放的雪花莲欢欣鼓舞；抹抹汗珠，放松放松背部；像狼一样饱餐，如鱼一般豪饮；与铁锹同享好眠，与晨曦一道苏醒；由衷赞美和煦的阳光，还有来自天空的露水；抚摸饱满的嫩芽；还想在忙完这么多活儿后，在自己的手掌上为春天长出一两个快乐的水泡……他所期待的，是以园丁的独特方式，全身心地投入一种充满活力的生活中去。

可惜往往事与愿违。如果土地到了这个时候还没解冻，或在短暂复苏后又再次冰封，他便要气急败坏地咒骂一通。若雪又盖住了花园，他便要像困在笼子里的狮子似的，在家里大发雷霆。到了三月，他不是得了感冒，不得不瑟缩在炉子

边上烤火，就是被这样那样的琐事困住了手脚：要么得去看牙医，要么被法庭传唤，要么是赶上姨妈、孙子或是别的什么麻烦精跑来看他……总之，日子一天一天地拖了过去，各种各样的恶劣天气和糟心事儿就像约好了似的，一起涌进了三月。要知道，"三月是花园中最繁忙的月份，应该为即将到来的春天做好准备"。

没错，只有在成为园丁后，才能真正懂得那些老套说法的含义，比如"寒冷刺骨""无情的北风""严酷的霜冻"，诗意中无一不透着哀怨；园丁甚至还自创了一些更具诗意的表达，说今年的寒冷简直卑鄙无耻，刁钻古怪，如狼似虎，无恶不作，丧心病狂！与诗人不同的地方在于，园丁不仅痛恨北风，连那坏心眼儿的东风也不喜欢。他还诅咒像猫科动物一般善于潜藏的黑霜，甚于冰雨的猛烈侵袭。园丁特别喜欢采用一些形象的说法，比如："春天发起了进攻，但冬天仍在负隅顽抗"，说罢，他便感到一阵耻辱，因为自己在对付冬天这位暴君的战斗中是那么力不从心。要是他能实打实地向冬天发起攻击，那该多好！无论是拿锄头或铲子，还是枪支或剑戟，他都会毫不犹豫地披挂上阵，为战斗呐喊。可惜，他能做的只有每天晚上守着收音机，等待最新的天气播报，恼怒地咒骂斯堪的纳维亚的高气压，或是来自冰岛的大气扰动——是的，风的来去，我们园丁全都一清二楚。

对园丁来说，那些广为流传的谚语相当令人信服。时至今日，我们仍然笃信"圣马提亚将击破寒冰"；如果他没能成功，我们就会将希望转寄于天堂的木匠圣约瑟夫，期待他能将寒冰劈开；

我们相信"三月围火炉"的说法，也相信三位冰圣，还有圣梅达的预测一类的传说。显而易见，人们自古以来便备受天气的折磨。就算听到"五月一日，屋顶融雪""内波穆克圣约翰日，鼻子冻掉手也僵""圣彼得和圣保罗日，披肩裹严把风挡""圣济利禄和圣美铎第日，坚冰重新覆池塘""圣瓦茨拉夫日，冬去冬来连成双"这样的说法，也没人会觉得奇怪。总而言之，这些家喻户晓的谚语大多做出的都是些不那么美妙、不那么令人愉快的天气预言。然而，尽管天公常常不作美，园丁们还是会年复一年地对春天翘首以待；人类那不可思议的乐观主义，实在是由来已久。

在与花园结缘后，园丁们总爱去结交一些对久远的岁月仍保有记忆的人。这些人都上了年纪，总是心不在焉，每年都要说上一次，从不记得哪年有过这样的春天！如果天气冷，他们便坚称春天从没这么冷过，回忆道："有那么一回，肯定得有六十年啦，你都不知道当时有多暖和。圣烛节刚过，紫罗兰就开了！"如果天气比较暖和，他们又要说，这是他们印象里最温暖的春天："有那么一回，肯定得有六十年啦，都圣约瑟夫日了，我们还去滑了雪橇。"从这些人的证词来看，天气这家伙素来任性得肆无忌惮，我们能有什么办法呢？

可不是吗，我们还能有什么办法？你看看吧，现在已经是三月中旬了，外面的土地还冻得梆硬，上面还覆着雪。老天爷啊，能不能可怜可怜园丁种下的小花儿？

园丁们天生拥有辨别彼此的本事，至于究竟是通过气味、口令还是什么秘密手势，我可就不

能向你透露了。但在现实中，园丁们往往一眼就能互相认出来，无论是在剧院的过道上，在茶室中，还是在牙医的候诊室里。还没说上几句，他就开始聊起天气（"确实，先生，我真不记得什么时候有过这样的春天"），然后转而讨论起湿度、大丽花、人造肥料、某种荷兰百合（"哎哟，那品种叫什么来着？算了，我回头分你一个鳞茎"），再聊到草莓、美洲植物目录及去年冬天的冻害、蚜虫、紫菀……你以为你看到的是两个西装革履的男人，正站在剧院过道上交谈；不，其实那是幻觉——从本质上来讲，他们是手握铲子和浇水壶的两个园丁。

如果手表不走了，你可以把它拆开，拿去找钟表匠修理；如果车抛了锚，你可以大衣一掀，动手修理引擎，或者干脆拖去汽修店。无论遇到什么，我们都可以采取行动，想办法解决，唯独对天气，任何人都无能为力。你满怀激情，跃跃欲试，费尽心机，怨天尤人——这些通通没有用。等时机一到，种子和嫩芽自会萌发，让自然的规律得到兑现。那时，你将谦卑地认识到人力之渺小，也将领悟：耐心便是智慧之根源。

毕竟，我们能有什么办法呢？

嫩芽与花蕾

今天，三月三十日，上午十点，园子里的连翘开出了第一朵小花。为了不错过这历史性的一刻，在过去的三天里，我一直紧盯着枝头最大的那个花蕾，它看上去就像个金色的小豆荚。就在我抬头看向天空，思索是否会下雨的时候，这朵小花悄没声儿地开了。到了明天，连翘的枝条上将缀满金色的小星星，那开花的势头，谁也不可阻挡。当然，最令人激动的还是丁香花，它们早已急匆匆地盛放了；在你有所察觉之前，它们便抽出纤细的小叶。丁香花是绝不肯让人好好观察这个过程的。一旁的金醋栗，也展开了带皱褶的、脉络清晰的叶片。但其他的灌木和树木都还静默着，像是在等候来自大地或天空的一声号令："就是现在！"在那之后，所有的嫩芽与花蕾都会应声绽开，春天便真的来了。

植物发芽无疑属于人们口中的某种自然过程，但与此同时，我还想将其比喻成一场声势浩大的行军。腐烂也是一种自然过程，但人们却不会将它与行军联系到一起。反正，我可不会想着要为植物的腐烂写什么进行曲。不过，如果我真是位音乐家的话，我一定会创作一支《嫩芽花蕾进行曲》。音乐奏响，在轻快的前奏中，丁香方阵小跑着率先登场，分散开来；小红莓排成整齐的队伍紧随其后；

苹果树和梨树的花蕾迈着沉稳的步伐加入行进；而青草则随着弦乐摇摆、嬉闹。在这样的管弦乐伴奏下，纪律严明的芽苞方阵迈着整齐的步伐，大步向前疾行，浩浩荡荡，一如真正的大阅兵。一二一，一二一！天啊，多么气势磅礴的行军！

人们常说，春天的大自然绿意盎然，其实并不全然准确。那些颜色或深红或浅粉的芽苞将大自然妆点得分外红艳：有的芽苞起初是绛紫色的，渐渐伴着寒意转成瑰红色；有的则呈现出与树脂相近的棕色，也同样黏糊糊的；有的泛着莹白，色泽像是兔子肚子上的皮毛；还有紫色的、金色的，或是旧皮革般的深褐色。有的芽苞尖儿上带着丝络，似点缀着繁复的蕾丝；有的看起来像是手指、舌头，或是皮肤上长出的疙瘩；有的胀鼓鼓、肉嘟嘟的，覆满绒毛，活像只圆滚滚的小狗；有的则像是坚韧、修长的尖刺；还有的在绽开时，会吐出大朵大朵的毛絮……我告诉你们吧，嫩芽和花蕾就与长成的叶片和花朵一样，色泽各异，形态万千。只需仔细观察，你便会有无穷无尽的惊喜发现。但你必须选定一小块土地，驻扎下来。就算跑到贝内绍夫去，我所观察到的春天，也不会比静坐在自家花园里看到的更加丰富。你得站稳脚步，尽情游目骋怀，感受这万物萌发带来的惊奇，用手指温柔地抚摸，张开双臂拥抱春天。此时一切都是初生，尚属纤弱，但已爆发出顽强的生命活力。你听——那微弱的声响是嫩芽与花蕾在一往无前地行进。

噢！就在我写下这些文字的时候，那道神秘的号令一定已经下达："就是现在！"早晨还紧裹在坚硬萼片中的芽苞都露了尖儿，金色的星星开始在连翘的枝条上闪烁，梨树上饱胀的花蕾也已微微展开，其他植物的芽苞上也都绽出了金绿色的小眼睛。嫩绿的叶片自鳞芽中迸出，胀鼓鼓的花蕾也不再紧紧团住，皱皱的花瓣与花蕊温柔舒展。不要害羞呀，脸红的小叶子；展开吧，紧合的小扇子；苏醒吧，你这毛茸茸的、贪睡的小家伙……出发的命令已经下达。号角齐鸣，奏响那未曾被谱写过的交响乐章！金光闪闪的铜管吹起来，军鼓敲起来，还有长笛和小提琴声部，也请尽情演奏吧；这座寂静的褐绿色小花园已经踏上了胜利的征途。

园丁的四月

四月，那是与园丁最为相契的幸福月份。五月就留给爱河中的恋人去赞颂吧；五月的树木花草只会开花，而四月却是万物萌发的时机。这欣欣然冒出脑袋的嫩芽与新苗，是大自然最伟大的奇迹。我一个字都不需要再多讲了，你不妨体验一下：跪坐在地上，将手指插入松软的泥土，屏住呼吸，用指尖去触碰饱满的幼芽。这种奇妙的感受难以用语言形容，就和接吻一样，妙不可言。

接下来，我们就说说那嫩生生的小芽吧。哎，也没人知道究竟是怎么了，但这样的事情确实经常发生。有时，你踩上花圃，本想捡起干枯的小树枝，或者是要拔起一株蒲公英，却正好踩到了百合或金莲花的幼芽；幼芽在你脚下发出清脆的嘎吱声，你立时愧疚不已，认定自己果真是个笨手笨脚的怪物，所到之处寸草不生。有时，你正小心翼翼地松整土壤，却一失手锄断了一个正在萌发的球茎，或者用铁锹齐根铲断了银莲花的嫩芽；你惊慌失措地向后退去，却又踩坏了一株盛放的报春花，或是刚刚长成的飞燕草。你越是提心吊胆，战战兢兢，就越容易在花园里引发灾难。只有通过长年累月的实践，才能领会其中的奥秘，变得像真正的园丁那样驾轻就熟。到了那时，任你在园中信步游走，也不会踩到任何植物；就算

踩到，也不会大惊小怪了。当然，我也只是随便说说。

除去萌芽之外，四月也正是适宜种植的时节。你满怀热情（不，应该说是狂热），急切地从苗圃订购了一批苗木，一刻也不肯再耽搁下去；你还与家里有花园的朋友都约定好，要改天登门取一些插条；我这么跟你说吧，你是怎么也不会知足的。这样下去，很快你就会发现，家里已经挤挤插插地堆放了大概一百七十棵小树苗，都得马上种下才行。你环顾花园，无奈地认清了现实：园子里根本没有足够的空间呀。

所以，园丁的四月是怎样度过的呢？他手里捧着奄奄一息的小苗，在小花园里绕着圈子跑了大概二十个来回，只为找到一寸尚未种上东西的土壤。"不，这里不行。"他喃喃自语道，"这里已经种上菊花了，这里的福禄考会把它给闷死的，而这里又有剪秋罗了，真是该死！唔，这里的风铃草长得太乱了，这丛千叶蓍附近也没有地方了——我到底该把它种在哪儿呢？等等，这里怎么样——不行啊，这里种着乌头呢；要不这里吧——但这里还有委陵菜。我看这里不错，但这里满是紫露草；还有这儿——哎，这发芽的是什么呀？要是我知道就好了。哈！这里倒是有一点儿地方；别着急，我的小树苗，我这就给你把树穴挖好。好啦，你就在这儿安心生长吧！"

然而世事难料，不出两天，园丁就会发现自己竟然把小树苗种到了月见草的细芽头上。

显然，园丁是文化积累的产物，而非通过物竞天择进化而来，否则他们就不会是现在这副模样了。他们会长出甲虫一样的腿，这样就不用再

跪坐在脚后跟上；还会生出翅膀，一是为了美观，二是便于园丁在花圃上飞来飞去。没有体验过园丁生活的人绝对无法想象，在花园中无处落脚的时候，人类的腿到底是多么碍事儿的东西。到了需要俯下身子，用手指触摸土壤的时候，就不得不把一双腿折叠起来，真不知道要这么长的腿到底有什么用！可等到了需要跨过花圃，又要避免踩到除虫菊和耧斗菜的时候，这双腿又短得令人难以置信。要是能用腰带吊着悬在花圃上劳作，那该有多好啊！或者生出至少四只手来，只长一个脑袋，戴上帽子，其余的累赘一律不长。再或者，让四肢变成可以伸缩，就像拍照用的三脚架那样！可惜园丁和其他人一样，并没有长出完美的身体构造，所以只能做点力所能及的事：他时不时地需要单脚踮起，保持平衡；再像俄国舞蹈演员一样高高跃起，跨出四码宽；还要像只蝴蝶或鹡鸰一般在花园间灵巧地穿梭，再精准地落在拳头大小的空地上；他还得抵抗住地心引力的召唤，既要照料到每一寸土壤，又要避开每一株小草，同时记住保持姿态优雅，以免遭到别人的嘲笑。

当然，如果你只是偶尔路过花园，远远地投上一瞥，能看到的只有园丁的屁股；其他部分，比如脑袋、胳膊、腿，则通通瞧不见了。

哦，多谢你问到了花园本身，现在那儿正进行着精彩的演出：水仙、风信子都苏醒了，角堇、琉璃草、虎耳草、葶苈、南芥、薄果荠铺满了地面，报春花和春石楠也宣告着春天到来的讯息。明天将有更多花朵加入盛会，后天也是，一定会让你叹为观止。

当然，园丁无意剥夺任何人发出赞叹的权利。可是每当听到"噢，真是朵漂亮的小紫花！"这样来自外行人的赞美时，园丁多少都会觉得受到了冒犯，便会有些不悦地答道："怎么，你不知道这是比利牛斯垫掌荠吗？"园丁对花名可是怀有信仰的。没有名字的花，套用柏拉图的哲学观点来说，缺少形而上的本质；简而言之，就是缺少了确凿无疑的实际意义。没有名字的花，与杂草何异？而拥有拉丁学名的花，自然尊贵得多。假如你的花床上长出了一棵荨麻，只要为它标上拉丁学名 *Urtica dioica*，你便会立马肃然起敬，甚至还会为它松松土，再施上一点儿硝酸钾。在与园丁闲聊的时候，有一个问题永远不会出错："这株月季叫什么啊？""这是伯米斯特·凡·托勒，"园丁会开心地告诉你，"那一株叫克莱尔·莫蒂埃女士。"他会赞许地看着你，觉得你是一个举止得体的聪明人。但你可千万别班门弄斧，比如说什么："哎，你种的南芥开花了。"园丁听了便会对你大发雷霆："那个？那是翅丝葶苈属的伯恩米勒，你不知道吗？"虽然花的样子相差无几，但名字就是名字，我们园丁对名字可是十分在意的。正因如此，我们格外讨厌小孩子和乌鸫，因为他们总爱把标签拔起来，弄混位置，害得我们常常万分惊讶："快看，这株金雀花怎么长得跟火绒草似的？……大概是本地变种吧。反正它肯定是金雀花，上面还有我的标签呢。"

欢庆劳动节

　　章名虽然如此，但我可一点儿也不想为劳动节高唱赞歌，而是想赞美这关于私有财产的节日。如果天不下雨，我肯定会兴高采烈地跪坐在地上，对着庭荠花低语道："稍等一会儿，我要先给你添一点腐殖土，再修掉这棵芽。哎，你想不想再把根扎深一点儿？"小庭荠花自会回答："好呀！"听罢，我就会把它再往土壤深处埋上几分。毕竟，这是属于我的土地，是我用血汗浇灌出来的，这话可一点儿都不夸张——修剪树枝、幼芽的时候，难免会割伤手指，这还算是轻的呢。

拥有一座小花园，就会不可避免地成为私有财产的持有者。在此之后，花园中生长的便不是月季了，而是"他的"月季；开花的不再是樱桃树，而是"他的"樱桃树。园丁还会与他的邻居达成某种同盟关系，举个例子，谈起天气的时候，园丁会这样说："我们这里不能再下雨了。"或者是，"我们刚刚经历的真是一场好雨！"除此之外，他还会产生一种排他的心理，觉得与自家花园相比，邻居花园里的树只不过是些柴火棍儿，或者别人家的椴桲树种到自家园子里会更好看。这么看来，私有制确实带来了一定阶级或集体上的利益，关于天气的交谈就是佐证；同样，它也激起了极其强烈的守卫私人财产的自私本能。毫无疑问，人会为了信仰而战斗，而到了需要园丁为自己的小花园披挂上阵的时候，他会更加义无反顾。在拥有了几方土地，并开始在上面培育植物之后，人就会渐渐趋于保守，因为他所依赖的是千年不变的自然法则。不管你做什么，都提前不了发芽的时间，也改变不了花开的约定；因此，园丁不再做徒劳的努力，而是开始顺从于自然的规律与习俗。

没错，到你了，阿尔卑斯风铃草，让我来为你打造一个更深的花床。这就开工！这般与泥土厮混的行为也可以被称为劳动，园丁的腰酸背痛、膝盖瘀青都得归咎于此。你之所以对这份劳动如此心甘情愿，并不是因为它有多美丽、多高尚、多有益健康，而是为了风铃草的绽放、虎耳草的丰茂。所以，如果你想庆祝点儿什么，不应为这份劳动本身而庆祝，而要为那风铃草和虎耳草庆祝。如果你从事的不是写作，而是站到了织布机与车床前，你也不是为了劳动本身而去劳动，而是为了换取培根与豌豆，为了养活自己的孩子，为了继续生活。所以，今天正值劳动节，你应该为培根与豌豆、为孩子、为生活，以及你因劳动而获得或付出的一切去庆祝。换句话说，你应当为自己的劳动成果庆祝。在劳动节这天，修路工要庆祝的不应仅仅是自己的工作，更应是自己建设的道路；纺织工呢，要庆祝的应是从织布机上流泻而出的厚棉布和帆布。虽说这个节日叫作"劳动节"，而非"成果节"，但大家都应该更为自己的成果感到自豪才对，而不仅仅是因为自己付出了劳动。

很久以前，有一个人曾经拜访过托尔斯泰，

我向他询问过托尔斯泰亲手制作的靴子是什么样的。他告诉我说，其实品相可以用糟糕来形容。我觉得做一份工作，应当出于喜爱或了解，再不济也是为了生计；像托翁那样出于原则而去缝制靴子，将其视为一种美德而工作，则会让劳动的价值受到折损。在我的想象中，劳动节真正该赞美的是人民的聪明才智和正确对待工作的技巧。如果劳动节赞美的是所有头脑灵活的人，那这一天将会变得格外欢乐，成为一个真正意义上的节日，生活的朝圣之日，与全天下的快活之辈同欢共乐。

不过呢，现在的劳动节仍然是个庄重的日子。算了，春天的小福禄考，快点展开你粉红色的花瓣吧！

园丁的五月

　　你瞧，我们一直都在讲松土、刨坑、种花、修枝，都还没来得及说说园丁最大的乐趣，也是他最引以为傲的岩石园。这种造景也叫作"高山园"，大概是因为园丁在为其劳作的时候，面临的挑战与攀登高山几乎无异。譬如，若是园丁想在两块石头之间种上一小株点地梅，就得单脚踩到不怎么稳当的岩石上，颤颤巍巍地跷起另一只脚来保持平衡，以免踩到长得正蓬勃的糖芥和盛

放的南庭荠。园丁得练就一身杂技演员的功夫，什么劈叉、深蹲、下腰、前屈，时而平躺，时而站起，才能在这别致秀丽却堆叠得不甚稳固的岩石园中松土、挖洞、栽种、除草。

明白了吧，打造这样一处岩石园的过程，绝对堪称一项刺激又有趣的运动。你还能在此收获数不胜数的惊喜，时不时在离地面足有一码高的石缝中，发现一簇雪白的火绒草，一丛冰川石竹，或者是别的什么高山花卉。不过，我跟你说这些有什么用呢？你又没有种过微型风铃草、虎耳草、剪秋罗、婆婆纳、无心菜、葶苈、屈曲花、庭荠、福禄考（还有仙女木、糖芥、长生草和景天草），薰衣草、委陵菜、银莲花、洋甘菊、南芥（还有石头花、岩风铃和各种各样的百里香），短旗鸢尾、奥林匹克金丝桃、橙黄细毛菊、岩蔷薇、龙

胆、卷耳花、海石竹、柳穿鱼（当然也别忘了高山紫菀、匍匐的苦艾、狐地黄、大戟草、肥皂草、牻牛儿苗、薄果荠、指甲草、菥蓂、岩芥菜、金鱼草、蝶须草；还有好多种顶好看的小花，比如垫掌荠、紫草、紫云英；另外几种也不能不提，比如报春花、紫色高山堇……）；更不用说还有其他很多种植物呢（这就不得不说到滇紫草、芒刺果、百喜草、漆姑草和丽漆姑了），没有把这些全部亲自培育一遍的人就不该妄言世界的美丽，因为他们并没有见识过这严酷的地球在温柔的瞬间（只持续了几千年）所孕育出的最优雅的事物。哎，多希望能让你见见一丛茂密的石竹，那草叶尖儿上顶着的每一朵花都透着最娇嫩的粉色——

　　算了，跟你说这些又有什么用呢？只有拥有岩石园的人，才能懂得这种宗教般的狂热。

没错，懂得打造岩石园的人不仅是一个园丁，更是一位收藏家，而且算得上是最狂热、最痴迷的那种。只要你不经意地透露自家花园里垫状风铃草已经生根的消息，那他一定会找个月黑风高之夜，悄悄溜进你家花园将它偷走，甚至不惜开枪将你干掉，只因再不拥有这种植物，自己便一刻也活不成了；如果他身形太胖不便偷盗，或者还没那么胆大包天，就会哭着喊着求你大发慈悲，分给他一小枝拿去扦插。要怪只能怪你自己，谁叫你在他面前显摆来着。

　　有时，园丁偶然在花店里看到一盆没有贴标签的花，刚刚冒出了几片绿叶，他便紧盯着，冷不丁地问道："这盆是什么花？"

　　"你说这个啊？"卖花的一边答道，一边露出了稍显尴尬的神色，"是一种风铃草，我也说不上是什么品种——"

"那就拿给我吧。"花痴装出一副漫不经心的样子。

"不行，"卖花的说，"这个我不想卖。"

"哎呀，"他开始动之以情，"我都是你的老主顾啦，卖给我有什么不行的？"

在一番死缠烂打、软磨硬泡、反复登门之后，花痴明确表示，就算耗上九个礼拜，他也一定要得到这盆不知名的小花。最终，他凭借着收藏家独有的技巧和花招儿，将这株神秘的风铃草带回了家，在花园里为它寻到一片最好的位置，满怀柔情地将其种下，呵护备至。如此珍稀之物，自然值得这般关爱。这株风铃草倒是也给面子，像火麻草一般茁壮地生长着。

"你瞧瞧，"他无比骄傲地对登门拜访的客

人说，"多特别的风铃草啊，是不是？还没人说得出这是什么品种呢，我真想赶紧看看它开花是什么样子。"

"这是风铃草吗？"客人说，"我看这叶子怎么长得像辣根啊。"

"瞎说！辣根？"花痴对此嗤之以鼻，"辣根的叶子可比这大多了，你不知道吗？再说，也没这么有光泽啊。这肯定是风铃草，不过啊——"他显得很谦虚地补充道，"可能是个新品种呢。"

日日浇灌之下，这株风铃草以惊人的速度疯长着。花痴扬扬得意："你看，还说叶子长得像辣根呢。你见过叶子这么大的辣根吗？这是一种巨型风铃草，开出来的花肯定能有餐盘那么大！"

终于，这株特别的风铃草抽出了花茎，上面开出了——"呃，还真是辣根啊……见鬼，它是怎么混到花店里面去的！"

"对啦，"过了一段时间，之前那位客人又问起来，"那株巨型风铃草怎么样了？已经开花了吧？"

"唉，没有，它枯死了。珍稀的品种就是脆弱嘛，你也知道的——它肯定是个杂交品种。"

"呃……"

订购花苗也总不能顺顺当当。苗圃老板一般不会在三月份寄送订单，因为天气还冷，小苗容易冻坏，再说很多植物都还没长好；也不会在四月份寄出，因为那时订单蜂拥而至，他顾不过来；五月也寄不出，因为那时小苗已经都卖得差不多了。"报春花没货了，我给你寄毛蕊花吧，反正花都是黄色的。"

不过呢，有时运气好，邮递员送来的包裹里

也会如数放着你订购的每种花苗。太好了！我想在这块花圃里的舟形乌头和飞燕草之间，种上些能长得很高的植物；不如就种点白鲜吧，这种植物也叫白羊鲜或金雀儿椒，别看寄来的幼苗细细小小的，一旦种下，便会像野火一样迅速蔓延开来。

然而，一个月之后再来看，这些白鲜小苗并没有长多少呀，看起来就像一丛矮矮的草——要不是知道这是白鲜，你肯定会说它们是石竹。唔，再多浇浇水，说不定就能长起来了。哎，看这里，怎么还长出了粉色的小花？

恰好赶上一位园艺老手来做客，园丁便趁机询问："这些应该是白鲜吧？"

"你是想说石竹吧。"客人说。

"啊对对对，是石竹。"园丁急忙更正，"纯属口误。我刚才是在想啊，这里种着这么多个儿高大的多年生植物，种点白鲜应该不错，你说是不是？"

任何一本园艺书都会告诉你："播种是最理想的育苗方式。"但这些书没有告诉你的是，大自然为种子赋予了许多独特的习性。播下一批种子，要么就一粒也不萌发，要么就跟约好了似的，一下全部探出头来；这就是自然的奇妙法则。一天，园丁环顾花园："这里应该种一棵观赏用的蓟草，肯定会很好看的，翼蓟或者大翅蓟都行。"于是，他便每一样都买了一袋种子，都播了下去。种子发芽率很高，很是让他心满意足。过了一段时间，园丁将小苗一株株假植到小花盆里，现在他已经拥有足足一百六十盆长势喜人的小苗了；园丁心想，播种果真是最理想的育苗方式。没过

多久，该把小苗都定植到地里了，园丁终于开始抓耳挠腮：这一百六十株小苗，该往哪里种呢？他见缝插针地将每一寸空闲的土地都种上蓟草，可还是剩下了一百三十多株。这可怎么办啊？辛辛苦苦种起来的，总不能都扔进垃圾桶吧？

"你好！你想不想种一些翼蓟呀？很好看的！"

"好呀好呀，为什么不呢？"

谢天谢地，邻居分去了三十棵小苗。现在轮到邻居忧心忡忡地在自己花园里四处游走，为这些蓟草寻找安身之地了。接着，园丁的目标又转向楼下和对面的邻居——

老天保佑，他们现在一定还料想不到，这些蓟草很快就能长到六英尺高啦！

好雨知时节

我们每个人身上一定都还保留着一些农民的血脉，因为在太阳连续炙烤了一个星期后，不管自家窗外有没有种天竺葵或海葱，我们都会焦急地望向天空，不禁对遇到的每一个人抱怨道："也该下下雨了。"

"可不是嘛，"对方答道，"前两天我去了莱特纳，那里的土地都干得开裂了。"

"是啊，前两天我坐火车去了科林，也干燥

得可怕。"

"真得好好下一场雨了。"对方叹道。

"没错，至少下上个三天才行。"

然而，此时仍是烈日炎炎，整个布拉格都散发出一种汗津津的人味儿，电车上挤满了热气腾腾的肉体，大家伙个个脾气暴躁，一点就着。

"我觉得快下雨了。"一个人热汗涔涔地说道。

"也该下了吧。"旁边的人呻吟着附和。

"至少得下上一周，"那个人又说，"好好浇一浇草地和庄稼吧。"

"真的干得让人受不了了。"旁人接着抱怨道。

与此同时，炎热的空气愈发凝滞，气压越来越低，黑压压的雷雨云悬在天空中不断翻腾涌动，却迟迟不肯降下雨点为大地和人们带来些许慰藉。但很快地平线上便传来了雷雨云的呢喃，刮起了挟着浓重水汽的迅风——它终于来了。飘飘扬扬的雨丝落在人行道上，大地畅快的呼吸声几乎清晰可闻。雨水咯咯欢笑着，噼里啪啦地扑打在玻璃窗上，排水管中回荡起成千上万根手指敲击的声音，接着汇聚成小溪流，在地面上积起一汪汪水洼，又在水面上激起串串涟漪。人们欣喜得恨不得高声尖叫，连忙从窗户中探出头来，享受着天降甘霖的清凉；想吹起口哨，想在雨中大喊，想冲到大街上，赤脚站在奔流的黄色溪流中。承载着祝福的雨水，带来清凉的喜悦，涤荡我们的灵魂，净化我们的心灵。之前，人们受尽闷热天气的折磨，变得凶恶、懒散、沉重、麻木、物质、自私，因久日无雨而口干舌燥，被沉重与不适压迫得几近窒息。但现在，银色的雨帘亲吻着焦渴的大地，一片泠泠作响，将一切浮躁都冲刷干净。一场好雨近乎奇迹，就连太阳的光辉都不能与之相比。奔腾吧，跃动的水流，大地的每道沟渠都等待着你，快去解放我们这些干渴的囚徒。于是，草地、土壤和我，都重获了呼吸，世界也恢复了宁静。

忽然，就像有人拉了闸一样，倾盆大雨戛然而止。大地上蒸腾出银色的水雾，一只乌鸫在灌木丛中欢叫，尽情嬉戏。我们也想像那小鸟一样去撒欢儿，但我们只是走出家门，没有戴帽子，也不撑伞，深深呼吸着雨后清新而湿润的空气。

"真是一场好雨啊！"我们彼此诉说着喜悦。

"无疑是久旱逢甘霖，"有人说，"再下久一点儿就好了。"

"确实。但总归是场好雨。"

不出半小时，雨又下起来了，细长的银索自天空垂落。那是真正静谧又美好的雨，无声地滋养着广袤的大地。这会儿的雨不再滂沱，不再呼啸，只是柔柔地落下。这甘霖是一滴也不会被白白浪费的。忽而云消雾散，阳光依偎着细细的雨丝投射下来；待到雨水渐渐停歇，大地仍在不断吐纳着温暖湿润的气息。

"这才是五月份该下的雨嘛，"大家都欣慰地说，"现在，一切都会变得美丽而青翠。"

"再多下一会儿吧，"每个人都依依不舍，"再多下一会儿就好了。"

太阳又恢复了雨前活力四射的样子，毫不吝啬地将光芒挥洒在大地上，从潮湿的土壤中逼出热腾腾的水汽，天地间雾蒙蒙一片，活像一座大温室。天空的一角，又一场暴风雨正在酝酿；你呼吸着潮热的空气，看见天上砸下几颗硕大的雨滴，一阵风不知从何方吹来，带着清凉的雨意。

在潮湿空气的怀抱里，你感到一阵闲适的倦意，仿佛正躺在温热的浴水中。你大口呼吸着湿漉漉的空气，踏着肆意流淌的小溪行走，头顶着天空中一团团或白或灰的水雾。整个世界似乎都要融化在这五月温润的细雨里。

"应该再多下一点儿雨的。"园丁说。

园丁的六月

到了六月，该修剪草地、晾晒草料了。不过，对我们这些生活在城镇里，花园也不大的园丁来说，你可不要以为我们会在一个结露的清晨，磨快镰刀，衣襟大敞，一边哼着正流行的歌谣，一边唰唰地奋力挥舞胳膊，成片地割下还缀着晶莹露珠的长草。对我们来说，并非如此。首先，我们想要的是一块完美无瑕的英式小草地，绿得像台球桌布，浓密得像地毯，丝滑得像天鹅绒，平整得像桌子。然而，早在春天我们就注意到了，理想中的英式草地这边秃了一块，那边冒出了蒲公英和酢浆草，这边的泥土板结，那边的草长得又黄又硬。好，那我们就先来除草吧。我们跪坐下来，埋头将那些调皮捣蛋的杂草一棵一棵拔掉，在身后留下一片被踩得乱七八糟的荒地，就像是一群砌砖匠或一群斑马在上面跳过舞似的。忙活完一通后，我们还要为草地浇水，等土壤被太阳晒得松松软软，再来修剪。

决定好要修剪草地之后，没什么经验的园丁便来到附近的郊区，在一片光秃秃、干巴巴的土坡上寻得一位老妇人——她手里还牵着一只精瘦的山羊，正在啃咬旁边的树枝和网球场的拦网。

"老奶奶，"园丁连忙上前亲亲热热地打招呼，"我家里有些上好的草，想不想给您的山羊

来一点儿啊？您来吧，想割多少都没问题。"

"那你给我什么好处呢？"老妇人想了想问道。

"我给您两个半先令吧。"说罢，园丁便兴冲冲地跑回了家，等老妇人牵着山羊、拿着镰刀上门来。可左等右等，还是不见老妇人的身影。

园丁只好自己买来了镰刀和磨刀石，扬言他才不需要别人帮忙，他要亲自动手割草。然而，或许是镰刀太钝，又或是城镇里的草长得太坚韧，没准还可能是别的什么原因，反正那镰刀就是割不动草。没办法，园丁只好一棵棵地来——拽住草的顶端，绷紧，用镰刀猛砍贴近地面的位置，却总是连根带土地把草拔了出来。嘻，还不如用剪刀痛快呢。园丁割呀、拔呀，费了半天力气，终于将自己的小草地糟蹋得差不多了，将来之不

易的一小堆草捆扎在一起，然后又跑去找那个牵着山羊的老妇人。

"老奶奶，"此时的园丁嘴巴上就像抹了蜜，"我有一捆上好的草料，您想不想拿去喂给您的山羊啊？可好了，可干净——"

"那你给我什么好处呢？"老妇人再次想了想，打断他问道。

"我给您一个半先令吧。"园丁又跑回了家，等老妇人上门取走草料，但她始终都未登门。哎，这么好的草料，扔了未免也太可惜了，不是吗？

最后，草料还是让清洁工拿走了，但他坚持要收六便士的费用。"先生，您也知道，"他说，"我们不应该收这玩意儿的。"

而有经验的园丁会直接买来一台割草机。割草机是一种带轮子的机器，运转起来会像机关枪

一样突突直响。在草地上用它的时候，割断的草
梗便会四下乱飞；我告诉你，这可有意思了。这
割草机刚刚买回家的时候，全家上下，从爷爷到
孙子，都争着抢着要用它割草，可见用机器轰隆
隆地修剪茂盛的草地是多令人享受的一件乐事。

"你们看这儿，"园丁说，"我来给你们演示一
下。"说完，他便在草地上穿梭起来，那派头既
像个机械师，又像个庄稼汉。

"现在换我来吧！"家人恳求道。

"我再割一会儿。"身为父亲的园丁不为所
动，继续捍卫自己的权利，推起突突作响的割草
机，将草梗甩得到处都是。说起来，这还是他生
平第一次如此痛快地割草。

可等过了一段时间，园丁再问起家人："哎，
你愿不愿意用割草机去割草啊？这活儿可有意

思啦！"

家人便会心不在焉地回答："我知道，但我今天恐怕没空。"

众所周知，收割草料的季节恰逢暴雨多发。一连数日，欲来的风雨在天地间酝酿；太阳毒辣辣地炙烤着，让人很不舒服，土地被晒得龟裂，狗也躁动不安地嗅来嗅去，农民望眼欲穿地瞧着天空，嘴里嘟囔着"该下雨了"。又过了一段时间，人们常说的"恶云"出现了，狂风大作，将尘土、帽子和刮下来的叶子扬得漫天飞舞。园丁顶着胡乱飞舞的头发冲出屋来，倒不是要效仿浪漫主义诗人去迎击自然的力量，而是急着要将在风中颤抖的一切都固定好，收走花园里的工具和椅子，准备迎接自然之怒。就在他徒劳地想把飞燕草绑好之时，第一拨温热的雨点从天而降；接着先是一阵令人窒息的沉寂，然后——轰隆！瓢泼大雨伴着震耳欲聋的雷声倾泻而下。园丁匆忙跑进门廊，看向正被暴风骤雨摧残的花园，心如刀绞。在雨势最猛烈的时候，他心一横，冲出门去抢救一株几乎已经折断的百合花，那势头活像是在拯救一个溺水的孩子。"天啊，发大水啦！"雨下着下着，冰雹也噼里啪啦地砸下来，在地面上四处飞弹，随着污浊的水流不知去向。园丁此时心情复杂极了，整颗心为自己的花草悬着，可气势磅礴的自然现象又在他心中激起了一种奇异的狂喜。过了一会儿，雷鸣愈发低沉，瓢泼大雨渐渐缓和，转为淅淅沥沥的细雨。园丁跑进雨后凉爽的花园，绝望地看着被泥沙覆盖的草地、被淋得七零八落的鸢尾花，还有惨遭破坏的花圃。这时，乌鸫又唱起歌来了，园丁扭头对篱笆那边

的邻居喊道："哎，这雨还得再下一点儿。对树木来说，这可不够哇！"

第二天，报纸对这场灾难性的暴雨做了报道，说它给庄稼造成了严重破坏，却只字未提百合花受到的损害，或者虞美人所受的灭顶之灾。我们园丁啊，总是被忽视。

如果祈祷有用的话，园丁大抵愿意每天都跪下祷告，内容大致如此："天神啊，愿我们每日都得享天降甘霖之惠泽，最好是从午夜时分下到凌晨三点，但必须得是柔和、温暖的细雨，这样才能浇透土壤。同时，请您不要让剪秋罗、庭荠、半日花、薰衣草以及其他喜旱的植物淋到雨，您是有大智慧的，一定知道都有哪些（如果您愿意，我也可以把这些植物的名字都写在纸上）；请您让太阳终日照耀，但不必强求普照（比如，绣线菊、龙胆、玉簪、杜鹃这些植物就不要晒到了），也不要太过强烈；请赐予我的花园充足的露水、和煦的微风，还有足够的蚯蚓，但不要蚜虫和蜗牛，也不要霉菌；还请您从天上洒一些稀释过的液肥和海鸟粪来吧，每周一次。"这些要求不算过分吧，因为伊甸园里一定就是这样的；否则，那里的植物怎么会长得那么好呢，对吧？

我刚刚是不是提到了蚜虫？那就不得不再补充一点：一定要在六月份消除这些绿色的小飞虫。只要月季花枝上的绿色蚜虫一多，园丁便会立马采取行动，各种粉末、提取物、酊剂、浸剂、熏蒸剂无一不曾尝试，砒霜、香烟水、洗手液这些有毒性的土法子也一定不会放过。如果你多加小心，严格控制用量，其毒性月季还尚能承受，但较为娇弱的嫩叶与花苞则往往难逃凋萎的命运。可蚜虫呢，在这般攻势下，它们竟然还能兴旺繁衍，密密麻麻地爬满花枝。没办法了，园丁只好一脸嫌恶地动手逐枝将这些蚜虫一一捏碎。这种笨法子确实很有效，但在之后很长一段时间里，园丁身上都会散发出烟草提取物和油脂的臭味。

瓜果蔬菜

　　真希望我写下的这些随笔能对读者有所裨益，但肯定有人要大发脾气："什么啊！这家伙只顾着对各种不能吃的根茎大谈特谈，却完全没有提到胡萝卜、黄瓜、擘蓝、甘蓝、花椰菜、洋葱、韭菜、小萝卜、芹菜、香葱、欧芹，更不要忘了漂亮的卷心菜！他到底算什么园丁，简直又自大又无知，这些才是花园里所能培育出的最美好的东西，怎么能连它们都忽略掉？比如，你瞧瞧这片生菜！"

在这里，我要回应一下这样的控诉。在我人生的某个时期，也曾热衷于在花园里成片地种上胡萝卜、甘蓝、生菜和擘蓝。当然，我这样做完全是出于浪漫主义，好满足自己做个农夫的梦想。但当时我可没有想到，等到收获的时候，竟然要靠我自己每天解决掉一百二十个小萝卜，家里其他人都不愿意帮我分担。转眼，我又被成堆的甘蓝淹没，擘蓝也接踵而至，你是不知道它们有多塞牙。有那么好几周，我一天三顿都只能大嚼生菜，免得白白浪费掉。对于那些热衷栽种瓜果蔬菜的园丁，我并不打算以任何方式破坏他们的乐趣；但是，谁种的就让谁吃去吧。万一哪天，我也要被逼着吃掉自己种的月季花和铃兰花，那我对它们的敬意一定会大打折扣。

再说，我们园丁的敌人已经够多的了：麻雀、乌鸫、小孩儿、蜗牛、蠼螋，还有蚜虫；我问你，我们何必再去向毛毛虫宣战呢？又何必非要与白粉蝶为敌呢？也许我们每个人都曾幻想过，如果哪天成了世界的独裁者，自己该做些什么。就我而言，我会在那一天广发号令，创立或废除成千上万件事物；此外，我还一定会颁布一条《覆盆子禁令》，命令任何园丁不得在篱笆附近种植覆盆子，违者将被剁掉右手以示惩戒。真是搞不懂，园丁到底做错了什么，才会让邻居家的覆盆子源源不断地冒出侧根，钻到自己这边的杜鹃花丛中来？这些覆盆子的根系会在地下四处蔓生，甚至延伸上好几英里；无论是篱笆、墙壁、壕沟，还是铁丝网或警告牌，都无法阻止覆盆子的入侵。覆盆子的侧根还会蓦地从一片康乃馨或月见草间蹿出，然后便开始疯长！真希望邻居种下的每棵覆盆子都黑压压地长满虱子，侧根肆无忌惮地在他的花床中央生长，最好连他脸上也都长出覆盆子那么大的瘊子。如果你是个讲道德、有素养的园丁，就不会在篱笆附近种覆盆子，也不会种两耳草、向日葵或其他可能侵入邻居私人领地的植物。

当然啦，如果你想讨邻居欢心，不妨在篱笆旁边种些甜瓜。有一回，我邻居在花园里种了甜瓜，瓜藤翻过篱笆，在我家这边结出了一个无比巨大的瓜，那大小简直可以破纪录了！一众媒体、诗人甚至大学教授都对此啧啧称奇，想不通这么大的瓜是怎么挤过篱笆缝隙的。过了段时间，这硕大的甜瓜看起来有些碍眼，我们便把它切开吃掉了，以示对其越界的惩罚。

园丁的七月

七月，园丁们要雷打不动地嫁接月季了。以下便是寻常做法：准备一株野蔷薇，作为嫁接月季的砧木，再准备大量用于固定接穗的韧皮，以及一把园艺剪刀或嫁接刀。等一切准备就绪，园丁就会用自己的拇指去试刀刃的锋利程度；如果刀足够锋利，便会一下割破他的手指，留下一个直淌血的口子。园丁连忙扯来几码长的纱布，把伤口密密地裹起来，在手指上包出一个相当饱满

的"花苞"。这便是所谓的月季嫁接了。如果一时找不到野蔷薇来做嫁接，也可以通过扦插、剪去侧芽与残花、修剪灌木等方法实现近似的效果。

等忙完月季嫁接，园丁恍然发现花床中的土壤已被烈日烤得又干又硬，结成了硬块，急需好好松整一番。他每年起码要为花园松土六次，可每次都能从土壤中捡出好多石头和垃圾，真是让人匪夷所思。这些石头大概是从种子或者卵孵化而来的吧，要么就是从神秘的地层深处冒出来的，也有可能是大地汗水的结晶。花园——我是说那用于孕育生命的腐殖土，主要由各种各样的特殊原料构成，比如园土、肥料、腐叶土、泥炭、石子、碎玻璃、破杯子、破盘子、钉子、电线、骨头、胡斯战争遗留下来的箭头、裹巧克力的铝箔纸、砖头、旧硬币、旧水管、玻璃板、小镜子、旧标签、罐头盒、线头、纽扣、旧鞋底、狗屎、煤炭、水壶把、脸盆、抹布、瓶子、铁轨枕木、牛奶罐、搭扣、马蹄铁、果酱罐、绝缘材料、碎报纸……园丁每挖一下，都会收获意外的发现。也许哪一天，他还会在自己的郁金香下刨出一台美国产的炉子，甚至发现阿提拉的坟墓，抑或是一部《西卜林神谕集》。总之，在经人料理过的土壤里，发现什么都不算稀奇。

但七月份最让园丁劳神的还是灌溉花园的工作。如果园丁用的是洒水壶，他就会像司机计算里程数一样，一壶一壶地记着浇水的数量。"哎呀，今天我足足浇了四十五壶呢！"他骄傲地宣布道，就像是打破了什么纪录。为花园浇水这件事，美妙得难以言表：清凉的水珠泼洒在干旱的土地上，发出簌簌的响声；到了傍晚时分，水滴

还亮晶晶地挂在花瓣和叶梢上，夜露也逐渐浓重起来；整座花园就像个渴急了的旅人，在一番痛饮后舒缓地呼吸着。"啊——"那旅人抹了抹胡子上的水珠，为这噩梦般口渴的终结而长舒一口气，"老板，再续一杯！"园丁马上便小跑着取水去了，好拿来一解这七月的焦渴。

当然，有了水栓和浇水软管帮忙，我们浇水的速度就快多了，工程的规模也扩大不少。不过一会儿的工夫，花圃和草地就都浇好了；这还不算什么，连正在喝下午茶的邻居一家、碰巧走过的路人、自家房子里外以及每个家庭成员，也全被淋了个遍。这从水栓喷出的水流威力惊人，简直像挺机关枪，瞬间就可以在土地上射出一道壕沟，割倒一丛丛多年生的植物，将树叶整枝整枝地扫落下来。如果你把着水管逆着风向喷去，就等着迎接透心凉吧，权当做了场露天水浴。浇水软管也有个坏毛病，总是在这里那里破出些小洞，还偏偏是在你最不希望破的地方。浇水时，你便如同一位真正的司水之神，伫立在一片胡乱喷射的小水柱中央，脚下盘踞着长长的巨蟒——这是多么令人震撼的景象呀！等你觉得花园浇得差不多了，自己也浑身上下都湿透了，便心满意足地宣布收工，准备回家擦干身子。与此同时，花园"咕咚"一声，眼也不眨地便把你浇好的水全都咽了下去，再次露出了焦渴的神色。

照德国哲学家的说法，"事实如何"只是对本质的粗浅反映，而"应该如何"才能体现更高层次的道德秩序。不错，每逢七月，园丁便愈发对此感触深厚，也确实在"应该如何"这一问题上颇有见地。"应该下下雨了。"他以园丁特有的方式如是说道。

有时，号称赐予了万物生命的太阳驱使地表温度攀升至五十摄氏度，草叶青翠尽失，树枝也在干旱和暴晒的摧残下变得枯槁，龟裂的大地如顽石般坚硬，或者干脆粉碎成灼人的尘沙——每逢此时，园丁总会遇到这样的情况：

1. 浇水软管破了，园丁无法为花园浇水；

2. 水泵站出了故障，无法送水，园丁只好傻愣愣地站在火热的大烤炉里。

碰上这种事情，园丁恨不得要用自己的汗水去灌溉花园，可那也只是杯水车薪；你想想吧，要为一小块草地浇足水，得流多少汗呀！无论园丁如何破口痛骂、怨天尤人、大吐口水，甚至每咳一口痰都跑到花园里吐（每滴水都弥足珍贵！），一切都只是徒劳。于是，园丁只好将希望转寄于那更高层次的秩序上，以一种宿命论的语气说："应该下下雨了。"

"你今年夏天准备去哪里度假？"

"哪儿都行。但真应该下场雨了。"

"麦克唐纳先生辞职这事儿你怎么看？"

"我认为真应该下场雨了。"

"哎呀！想想看，十一月的雨多美啊；连续下上个五六天，淅淅沥沥，冷冷清清，一切都是灰蒙蒙的，寒气直往骨头缝里钻——"

正如我所说，这天真应该下场雨了。

月季、堆心菊、金鸡菊、萱草、唐菖蒲、风铃草、舟形乌头、旋复花、青兰、春白菊——感谢老天！在这么恶劣的条件下，还有这么多花愿意开放！时时都有花朵绽放，也总有一些正在凋零；你得经常修剪枯萎的花茎，低语道（是对这

些残花，而非自语）："是谢幕的时候了。"

看看这些花朵，它们果真与女人十分相似，都那么美丽，那么鲜活。无论你如何目不转睛地欣赏，也瞧不尽它们的美，总有些难以捉摸的神秘，能让人无尽赏享。可一旦花朵开始凋零，我也不明白是怎么一回事，它们便不再打扮自己了（我说的是花儿）。如果对残忍不加遮掩，人们便会直言，这花儿现在看起来就和破布一样。多么令人唏嘘啊，我的小美人（我说的还是花儿）。浮云朝露，美景难留，空留园丁在原地怅然若失。

其实，你不知道的是，早在三月第一朵雪花莲凋谢的时候，园丁的秋天便开始了。

植物学小论

众所周知，我们可以根据植物的起源、发现地点或主要分布地来为植物划分区系，比如冰川植物、草原植物、湿地植物，再如亚热带、北极、黑海、地中海等不同地区分布的植物。

那么，如果你对植物感兴趣，只需稍加观察，便会发现有些植物在咖啡馆里长得格外好，有些则偏爱肉铺；有些在火车站里长得最为繁茂，有些却更愿意蜗居在铁路信号工的小亭子里。或许可以通过一系列详细的比较研究来证明，那些在天主教徒窗户外长得好的植物，与无神论者或自由信仰者窗外的并不相同，而唯一能在代币商店的橱窗外蓬勃生长的植物就是人造假花。目前这种"植物地理学"可以说尚处于摇篮阶段，所以我们在这里便只简单聊聊几个特征明显的植物群。

1. 火车站植物群可分为两类：站台植物群，以及生长在由站长打理的小花园中的植物群。站台上的植物通常都是用花篮吊起来的，也有一些会被放在檐口上或窗户边，常见植物花卉有旱金莲、半边莲、天竺葵、矮牵牛、秋海棠等。这些站台植物的显著特点是格外花团锦簇、色彩绚丽。而站长的小花园就不那么具有植物学上的特色了，常常种着月季、勿忘我、半边莲、忍冬，以及一些不那么引人注目的花。

2.铁路植物群指的是铁路信号工打理的花花草草，种得最多的是蜀葵，又叫一丈红，此外还有向日葵、旱金莲、攀缘月季、大丽花，有时也种紫菀。这些植物大多依附篱笆生长，信号工之所以种这些，大概是为了给来往的火车司机鼓劲儿吧。野生铁路植物群则分布在铁道两旁的堤坡上，主要有半日花、金鱼草、毛蕊花、洋甘菊、牛舌草、野百里香等。

3.肉铺植物群分布于肉铺的橱窗内，生长在一扇扇肉排、一条条火腿、一块块羊肉、一串串香肠之中。这个植物群所含种类不多，一般有桃叶珊瑚、天门冬，以及仙人掌科下的仙人柱和仙人球；当然了，肉铺老板偶尔也会养些南洋杉、报春花之类的盆栽。

4.酒馆植物群一般包括大门两旁的两株夹竹

桃，还有窗前栽着的蜘蛛抱蛋。那些号称以"农家菜肴"为特色的酒馆则会在窗边摆上瓜叶菊。在餐厅里，你常能见到龙血树、喜林玉、大叶子的秋海棠、锦化的五彩苏、马缨丹、各类小榕树盆栽，还有各种被专栏作家们用极尽优美的辞藻描述过的植物——"那高台整个被浓密的热带植被笼罩着，一片翠色欲流"。咖啡馆的环境只有蜘蛛抱蛋能良好适应，而露台上则生机盎然地长满了半边莲、矮牵牛和紫露草，甚至连月桂和常春藤都长得格外茂盛。

据我观察，在面包房、军械铺、汽修店、农用机械店、五金商店、皮货店、文具店、帽子店以及其他许多商铺里都养不了什么植物。办公室窗前除了或红或白的天竺葵，别的什么都长不出来；一般来说，办公室里的植物能不能长得好，都要取决于那里的职员或主管有无亲近植物的善心。植物的分布逐渐形成了一种约定俗成的传统。比如，火车站一带的植被总是格外丰富，而邮局和电报局那里则一片绿叶都长不出来；从植物学的角度来看，独立运作的办事处和政府大楼比起来，植物的丰富度要高出不少，而后者中又要数国内税务处最为荒芜。当然，墓园植物群倒是自成一派，每逢节日，名人的石膏半身像下还会摆满特定的盆栽，比如夹竹桃、月桂、棕榈树，还有最无趣的蜘蛛抱蛋。

至于窗口的植物，也可以分为两种：穷人家的和富人家的。穷人家的植物往往长得更好，而富人家的植物寿命一般不超一年，在他们出门度假时便会枯萎。

当然，以上只不过是我的管窥之见，各个地

点分布的植物种类之丰富，远非简单观察便可洞悉的。如果有时间，我一定要好好研究一下什么样的人爱种吊钟海棠，什么样的人爱种西番莲，偏爱各类仙人掌的又出自什么行业。我想想看，将来可能还会形成某种"共产主义植物群"，或者"自由主义植物群"——不，或许现在已经有了。世界如此多元，每个行业，甚至每个政党大概都有自己代表性的植物吧！

园丁的八月

　　到了八月，业余园艺爱好者一般会在这个时候暂时放下自己的奇妙花园，离开家去度假。尽管在过去的一整年里，园丁一直都在信誓旦旦地强调，今年他哪里都不会去，自己的花园可比所有的度假胜地要美妙得多，作为一名园丁，他才不会傻乎乎地跑去火车上遭罪，受各种麻烦事儿折磨；但是等夏天一到，他还是会离开生活的城镇，不管是因为身上突然觉醒的游牧民族的本

能，还是为了避免邻居的闲言碎语。直到启程之时，园丁的心情还是无比沉重，对自己的小花园是一百个不放心。如果找不到一位值得托付的朋友或亲戚来帮自己照看花园，他是绝不肯离开的。

"听着，"园丁轻描淡写地说，"现在其实没什么需要做的，你每三天过来瞧瞧就足够了。如果哪里出了什么问题，你就赶紧给我写张卡片，我会尽快回来解决的。好了，那就靠你喽！就像我说的，每次过来花个五分钟，四处关照一下就可以了。"

将花园托付给热心的朋友之后，他便动身了。在园丁走后的第一天，那位热心的朋友就收到了这样一封信："我忘了告诉你，花园每天都要浇水，最好是在清晨五点或傍晚临近七点的时候。

这也没什么的，把软管接到水龙头上就行，然后再浇个几分钟。针叶树要彻彻底底淋透，草坪也是一样，就拜托你了。如果看到有杂草，就拔出来。我要说的就是这些。"

一天后，园丁又寄来了一封信："最近干得可怕，能麻烦你给每棵杜鹃花各浇两桶温水吗？还有，每棵针叶树都要各浇五桶，其他树浇四桶就差不多了。这个时候，那些多年生植物应该要开花了，也得好好浇浇水才行——回信时，请你一定记得告诉我都有哪些正在开花。已经枯死的花茎一定要及时修剪掉！如果你能用锄头为花床松松土，那真是再好不过了，这样土壤就能好好呼吸了。如果月季上有蚜虫，就去买一点儿烟草提取液，在露水未干时或者雨后用喷壶喷洒在月季上。其他的目前还不用做什么。"

第三天："我还忘了告诉你，草地需要修剪了。这个活儿用割草机就能轻松完成，割草机修剪不到的地方，可以借助修枝剪。但是一定要注意！割完草后，一定要将草地耙平，然后用扫帚打扫干净！否则草地就会这儿秃一块，那儿秃一块的！也别忘了浇水，大量地浇水！"

第四天："如果暴风雨来袭，可否请你去照看我的花园？大雨时常会造成破坏，最好能有人看着点儿。如果月季上出现了霉菌，就趁着清晨露水未干的时候给它们撒些硫黄粉。记得把长得高的多年生植物用竹竿固定，以免它们被风刮断。我正在度假的这个地方景色美极了，到处都长着蘑菇，游泳游得好不畅快。别忘了给房子附近的蛇葡萄浇浇水，那一片太干了。对了，请帮我收下野罂粟的种子，装到一个小袋子里留好。至于草坪，希望你已经修剪好了。其他的事情你都不用担心，不过请记得除除蝼蛄。"

第五天："我给你寄了一箱子植物，都是我从这边的树林里挖出来的，有兰花、野百合、白头翁、鹿蹄草、升麻、银莲花什么的。等你收到箱子，请第一时间打开它，给里面的小苗洒点水，然后种到阴凉的地方！再给基质里加点泥炭和腐叶土！一定要在第一时间种下，而且每天要浇三次水！此外，请修剪一下月季的侧枝。"

第六天："我又通过特快专递给你寄了一箱乡下的植物……它们也要马上种下才行……到了晚上，麻烦你打着灯去花园里消灭蜗牛。花园小径上应该长杂草了吧，如果你能顺手除一除就好了。希望照顾我的花园不会占用你太多时间，也希望你能乐在其中。"

在这个过程中，那个乐于助人的家伙渐渐意识到了自己所肩负的责任：除了浇水、割草、耙地、除草，还要抱着一箱小苗，在园子里四处寻找可以容纳它们的空间。他忙得汗流浃背，浑身泥泞，却还是惊恐地发现——这里的植物日渐枯萎，那里的花枝不知何时竟拦腰折断，那里的草坪也已变得斑驳，整座花园看上去破败不堪。这位热心肠此时恨不得捶胸顿足，后悔自己当时怎么就揽过了这个负担；现在他只好向上天祈求，让秋天快些到来。

与此同时，花园的主人也忧心忡忡地惦记着自己的花朵和草坪，夜夜辗转反侧，还埋怨起了那位热心肠的朋友，因为他没能每天向他汇报花园的状况。园丁扳起手指头，数着距离自己回家还有多少天，同时每隔一天都要往家里寄去一箱来自郊野的植物，还要附上一封带有十几个紧急指令的信。终于，他回来了；连行李都还没来得及放下，园丁便急匆匆地冲进了花园，环顾四周，湿润了眼眶——

"那个懒汉，那个笨蛋，那头笨猪，"他苦涩地想道，"他把我的花园搞得一团糟！"

"真是谢谢你啊。"园丁干巴巴地对那位朋友道谢，说完便一把抢走浇水软管，浇灌起那饱受忽视的花园，以这样的行动来无声地表示谴责。（那个白痴，他暗自想道，真是什么都不能托付给他！我这辈子都不会再这样离开家去度假了，我就是头蠢驴！）

至于那些想方设法从野外挖来的植物，这位狂热的园艺爱好者多想让它们通通融入自己的花园；然而这些外来的野生植物实难适应新家。"该

死！"园丁每每远眺马特洪峰或登上格尔拉赫峰时，总要如此感叹，"如果这座山就坐落在我的花园里，那该有多好啊！还有这片森林，这么多参天大树；还有那片林中空地，那条小溪，或者那片湖泊；还有这片茂盛的草地，要是能放到我的花园里，该多么漂亮！最好再加上一段风景秀丽的海岸线，或是一片壮观的哥特式修道院废墟。我还想要那边的那棵老椴树，那座古典式喷泉也很不错；再来一群牡鹿如何，或者一群臆羚，怎么说也要加上这条杨树大道；还有那边的岩石，这条河流，那片橡树林，那道激荡着泡沫的瀑布，或者至少加上这片绿意盎然的幽静山谷……"

若能与魔鬼签订契约，换得所有愿望成真，园丁一定会毫不犹豫地出卖自己的灵魂。然而，可怜的魔鬼会为这样一个灵魂付出极为昂贵的代价。"你这倒霉的家伙，"魔鬼终于忍无可忍，直言道，"与其这样做奴隶，你还不如上天堂去——毕竟，那里才是你唯一的归宿。"说罢，魔鬼便怒不可遏地摆起自己的尾巴，将园丁花园里的小菊花抽得七零八落，然后便自顾自地扬长而去，任由园丁继续沉湎于自己不知节制、难以餍足的欲望之中。

希望你们能够明白，我所说的是真正的园丁，而非果农或菜农。果农大可为苹果和梨的丰收而喜悦，菜农也大可为自己培植的擘蓝、西葫芦、芹菜而自豪，但只有真正的园丁才能真切地感知到，时序步入八月，一切便来到了重要的转折点。每逢此时，盛开的花朵似乎都开始急于凋谢，秋天的紫菀和菊花即将开放，但也很快便会说再见；但是你，教区花园中最常见的福禄考，还有金灿灿的千里

光、一枝黄、金光菊和向日葵，你们和我一样，都从不肯轻言放弃！一年四季皆为春天，正如生命自始至终都可焕发青春活力，时时总有花朵等待绽放。纵然常有悲秋之人，但我们只是换了种绽放的方式；我们在地下积蓄力量，抽出新的枝条，永远都有事情可做。只有那些惯于双手插在口袋里的无所事事之辈才会说些"真是每况愈下"之类的风凉话，而我们这些即使到了十一月也要忙着开花结果的，才不懂得什么叫秋天，只觉得无时无刻不是灿烂的夏日；也不懂得什么叫凋零，一心只想着萌发。秋天的紫菀啊，我的老朋友，一年是如此漫长，怎么也望不到尽头。

仙人掌爱好者

　　我称这些仙人掌爱好者为"宗派主义者"，
倒不是因为他们对培植仙人掌有多么热情，这种
热爱顶多算是一种古怪的狂热与偏执。宗派主义
的本质并不在于对一件事怀有多大热情，而在于
对某种信仰的狂热坚持。有的仙人掌爱好者笃信
要用大理石粉末来种仙人掌，有的推崇砖末，还
有的则坚持要用炭渣；有人说应该浇水，有人则
不认同……用于栽种仙人掌的土壤里蕴藏着无穷

的奥秘，即使你对一个仙人掌迷处以轮刑，也休想从他嘴里套出一个字。每个分属不同教派、学派或组织的仙人掌迷，或者是远离圈子的个人爱好者，都会坚称只有自己的独特方法才能达到神奇的效果。

"看看这株僧帽掌，你在其他地方见过这样的僧帽掌吗？如果你能保证不外传，我就告诉你其中的诀窍：绝对不能给它浇水，而是要用喷洒的方式为其补充水分。"

"什么！"这话一出，立时引得另一位仙人掌爱好者惊呼起来，"给僧帽掌洒水？简直闻所未闻！难道是想让它的顶冠患上伤风吗？我的聪明先生，如果您不想让您的僧帽掌烂掉的话，只需要每周一次将其连盆浸入温度为23.789摄氏度的软水中，略微让土壤湿润即可。我保证，它就会像芜菁一样疯长。"

听了这话，又一位仙人掌爱好者大叫着反驳：
"老天啊！简直就是个凶手！这位先生，如果您把花盆弄湿的话，上面就会长满原球藻，土壤也会变酸，那样就完蛋了！您的僧帽掌一定会烂根。如果您不想让土壤变酸，就得每隔一天用无菌水来浇它，每立方厘米的土壤都要分得 0.111111 克的水分，水温要恰好比空气温度高半摄氏度。"

说完，这些仙人掌爱好者便七嘴八舌地争论起来，甚至扭打在一起，拳头、牙齿、蹄子和爪子乱飞。然而，世界自有规律，即使如此争执，也无助于取得真理。

仙人掌之所以受到人们的如此推崇，正是因为它们的神秘莫测；月季虽美，可惜偏偏少了几分神秘。天生具有神秘感的植物有百合、龙胆、金水龙骨、善恶树、所有古树、部分菌类、曼德拉草、兰花、冰原上的花、具有毒性或药用价值的草药、睡莲、松叶菊，当然还有仙人掌。究竟神秘在哪儿，我也无法一一说清，但它们的的确确具有某种神秘属性，引得人们不懈探寻，加以尊崇。仙人掌的模样千奇百怪，长得就像豪猪、黄瓜、西葫芦、烛台、水罐、牧师帽、蛇巢，通体生着古怪的东西，比如鳞片、乳头、绒毛、爪子、肉赘、尖刺、弯刀或星星。它们庞大又颀长，如同一支操持长矛的骑兵，尖刺遍立，锐不可当；又如一排挥舞剑刃的勇士，银光闪闪，削铁如泥。仙人掌汁液丰盈，经络分明，皱皱巴巴，布满斑点，好似长着胡须，天生一副易怒阴郁的皮囊。它们如鹿砦一般多刺，如竹篮一般错杂，长得好似赘疣，又如动物，也像武器。上帝在创世的第三天创造了一众植物，而仙人掌无疑是其中最富阳刚之气的，它们各自结种，繁衍过活。（"好家伙，我真走运。"造物主见到自己的杰作，也不免连连称奇。）你可以爱这些仙人掌，但切忌无礼地触摸、亲吻，或者将其紧贴胸膛，它们可不喜欢任何亲密的接触，或者类似的轻浮行为。它们如顽石般坚硬，全副武装，决不屈服：小白脸，你若胆敢再靠近一步，我就开枪了！那一盆盆仙人掌摆放在一起的样子，活像是一片好战的俾格米人的营地。如果哪位战士被砍去了头颅或手臂，马上又会有新的战士顶替而上，披盔戴甲，挥舞着长剑与匕首，继续这一场生命的战歌。

然而，在某些神秘的时刻，这些固执又暴躁的呆瓜也会突然忘却自我，不知怎么地做起美梦来——它身上偶会绽放出一朵花，硕大而灿烂，就开在它那些威风凛凛的尖刺之间，被衬得格外神圣。这样的场面极为稀有，可遇而不可求，并非人人都有幸得见。我就这么说吧，如果哪个仙人掌爱好者养的仙人掌开了花，他肯定少不了要好好夸耀、吹嘘一番，那份自豪是连最以孩子为傲的母亲都摆不出的。

园丁的九月

　　从园艺学的角度来看，九月是个令人欣慰的出色月份；不只是因为一枝黄、紫菀和野菊花的绽放，也不只是因为开得如此雍容的大丽花，而是因为——或许有人还不相信——九月是一切能够二次开花的植物选择的第二春，也是酿葡萄酒的月份。这些便是九月的傲人之处，其中蕴含着神秘而深远的内涵；尤为重要的是，大地在此时再度敞开了怀抱，让我们得以再次播种！那些必须在来年春天之前扎好根的植物，现在就应该下土了。于是，园丁连忙抓住机会，迫不及待地跑去苗圃主那里，目光在人家的花床上来回睃巡着，为来年春天的自家花园挑选着宝贝；而这也给了我们一个从一年年的循环往复中停下来的机会，来向这些值得钦佩的人致以敬意。

厉害的园丁或苗圃主通常烟酒不沾，整体而言，算是个非常有德行的人。他的名字从不会与史书上的重大罪行、战争或者政治行为联系在一起，更有可能会因为某种月季、大丽花或苹果的新品种而久远流传。当然，他的名字大概仍不会为人所知，或者只是像个词缀一般被附在另一个名字后头，但这样的荣誉对他而言已经足够。或许是上天成心作弄，园丁往往都生得格外心宽体胖，大概是为了衬托花朵的纤巧和精致吧，也可

能是上帝将其打造成了西布莉女神的化身，浑身上下散发着慷慨的父性。每当苗圃主伸出手指在花盆里戳弄，那便是他在哺育自己的小苗呢。他看不起那些景观设计师，而景观设计师也看不起这些苗圃主，觉得他们不过是农贸市场上的农贩。你得明白，苗圃主并不认为种花种草是个行当，而是一门科学、一门艺术；所以，如果称赞竞争对手是个出色的商人，那对方一定会感到万分沮丧。人们去苗圃买东西的时候，并不会像在领带店或五金店那样，说出需求，付钱，然后走人；去苗圃是为了交谈，问问这个叫什么，絮叨絮叨自己去年在他这里买的薄果荠长势喜人，抱怨抱怨滨紫草今年表现不佳，再求求苗圃主给你展示一下今年的新品种。鲁道夫·哥特和艾玛·贝道（这两个都是紫菀花的品种）究竟哪个更好，这得和他好好讨论一番；泥炭土和壤土到底哪个更适合培植龙胆，这一定要和他辩出个所以然来。

在你一言、我一语地聊完这么多话题后，你终于选定了一盆新品种的庭荠（"不过，该死，我该把它种到哪里？"），一盆飞燕草（好取代你之前病死的那株），还有一盆不知名的植物——它究竟是什么呢，你和苗圃老板始终没有达成一致意见。你们的愉快交谈进行了好几个小时，对彼此都颇有启发，而你到最后也只付了他一点点钱，毕竟他可不是个商人。偶尔也有臭气熏天的阔老板开车过来，让他为自己挑上六十种"最好的花儿，还必须是最高档的"，对于一个真正的苗圃主来说，他可更情愿让你一直缠着他，而不是招待这样的人。

每位苗圃主都会发誓说自己用的土壤非常糟

糕，他从不施肥，也不怎么浇水，更不会在冬天把土壤盖起来。其实，他这么说无非是想表达，他种的花之所以长得好，完全是出于对他本人的感念。不过，这句话确实不无道理，做园丁必须有点儿天赋才行，要么就只能靠老天垂怜。真正的园丁只需将叶子随手插进土里，便能养活任何植物；而我们这些外行人呢，无微不至地照顾幼苗，为它们浇水，冲它们呵气，用角粉或婴儿爽身粉喂养它们，但它们还是不知怎的便萎蔫、干枯了。我觉得这其中一定有魔法存在，就和狩猎、医学一样。

　　每个钟情园艺的园丁都有一个共同的秘密梦想——培育出一个全新的品种！我的天哪，多希望我能培育出黄色的勿忘我、蓝色的罂粟花，或者白色的龙胆！——你说什么，还是蓝色的更漂亮？漂不漂亮并不重要，重要的是从来没人见过白色的龙胆呀。另外，在培育花草这件事情上，人们多少是有点儿沙文主义的；假如一种捷克本土培育的月季在花卉展中胜过了美国的"独立日"与法国的"赫里欧"，我们肯定会为此扬眉吐气、欣喜若狂。

在这里，我诚恳地建议你，如果你的花园里有一小块斜坡或阶地，就在那里造一个岩石园吧。等岩石园被一簇簇虎耳草、南庭荠、庭荠、南芥以及其他各种高山花卉覆满，那景致当真是美极了；再说，建造岩石园的过程本身就是一项精彩又有趣的活动。园丁建造岩石园时，往往会觉得自己就像个古希腊神话里的独眼巨人，运起自然之力，将一块块巨石垒起，创造出山丘与山谷，堆砌出山脉与峭壁。等他终于大功告成，腰酸背

痛地看向自己的杰作，却发现它怎么和自己预想中充满浪漫色彩的山峰不太一样呢，看起来不过是一堆乱石。但先别着急！不出一年，这堆乱石便会变成一个漂亮的花坛，覆着茂盛的翠绿草垫，缀满纤巧的花朵；到时候，你就会收获无与伦比的快乐。真的，我再说一遍，去造个岩石园吧。

我们再也无法继续否认，秋天已然来临。看到那盛开的秋菊，我们便知道时序已走入了秋天——这些专属秋天的花朵以一种特别的活力和丰盈绽放着，从不哗众取宠，朵朵都长得别无二致，但它们的数量之多，实在令人叹为观止！在稚气未脱的春天开出来的花，大多躁动不安、转瞬即逝，而这些属于成熟秋日的花朵，相比之下更加充满活力和激情。它们身上还生得一种成熟男子般的理性与沉稳；如果要绽放，便要绽放得

彻底而绚烂，还要泌出充足的花蜜，这样才好引来蜜蜂。如此金风玉露当前，一片凋零的落叶又算得了什么呢？秋天并未显出丝毫疲态，难道你没有发觉吗？

关于土壤

　　我母亲年轻的时候，常用纸牌占卜，她总是对着一摞纸牌喃喃自语："我脚下踩着的是什么呢？"当时的我并不明白，她为什么对踩在脚下的东西这么感兴趣。直到很多年后，我才逐渐明白了这件事，发现自己脚下踩着的正是土壤。

　　其实，人们并不会在乎自己踩着的是什么。每个人都在疲于奔命，偶尔回过神来，能注意到的顶多就是远方绚烂的云彩、动人的天际线，或者连绵的蓝色山峦，凭谁也不会低下头，打量打量自己的脚下，为这片美丽的土壤送去一二句赞美之词。你必须要有一座花园，哪怕只有一方手帕大小；等你拥有了至少一块花床，才能清楚地对自己脚下踩着的土地有所感知。我亲爱的朋友，直到这时你才会知道，就连云彩也没有你脚下的土壤那样多变、美丽且可畏。你还会慢慢明白，土壤既可以是酸涩的、粗粝的、黏稠的、冰冷的、多石的、腐朽的，也可以如糕点一般蓬松柔软，如面包一般温暖轻盈。这份美丽让你惊叹不已，平时用去称赞女人与云彩的词句，现在都被拿来赞美了土壤。每当你用手杖深深插入那蓬松的土壤，抑或是用手指捏碎土块，感受它的温热与松脆时，心头都会涌起一阵古怪的快感。

如果你对这种奇特的美不知欣赏，那就让命

运之神赐你几码黏土地吧——那黏土就像铅一样，湿答答的，上面泛着自远古时期留存至今的寒意。如果用铁锹去铲，那黏土便像口香糖一样顺从地弯折；如果直接暴露在阳光下，这黏土便要板结成干硬的一整片；如果为其遮阴，它又要开始泛酸——这家伙真是阴晴不定，喜怒无常，难以驯服！它时而像巴黎的石膏一般黏腻，像爬蛇一般滑溜，时而像砖头一般干燥，像锡一般滴水不透，像铅一般沉重。你尽可以用镐子去敲，用铲子去切，用锤子去砸，一边挥汗如雨地将其翻来翻去，一边大声咒骂，唉声叹气。

此时，你终于理解，黏土地到底为何要展现出如此敌意与冷漠——从过去到现在，这死寂而贫瘠的物质一直在奋力抵御，以免沦为孕育生命的沃土。而你也方才明白，生命究竟经历了何等残酷的斗争，才终于一寸寸地在这地球的土壤中扎下了根，人与植物皆然。

你也将逐渐明白，你所给予土壤的，必须要比从土壤那里取走的更多。你得用石灰将土壤调理得疏松、酸碱平衡，用温乎乎的肥料使其变得丰沃，用炉灰使其变得轻盈，再令阳光和空气充分浸润每一寸泥土。如此一番后，那被太阳炙烤得板结的黏土便会悄然碎裂，似乎还喘着粗气，却没有发出一丝声响。这时，只需用铁锹一铲，便能轻而易举地将其破开。土壤在你手中乖顺地躺着，散发着热度，已然被驯服。我告诉你吧，将这样的几码土地成功驯服，无疑是一场伟大的胜利！现在它正静卧于你面前，疏松而潮湿，等待你来播种。而你呢，只想用拇指和食指捏起一撮，来回搓揉，咀嚼属于你的胜利；此时，你已不再去想要在上面种些什么了。这黑黝黝的轻盈泥土，难道还不够美吗？即便种满了三色堇，抑或是胡萝卜，又怎么能与它本身的模样相比？这片土壤实属无比高贵而仁厚的杰作，对于那些即将扎根于此的植物，你简直要嫉妒起来了。

自那以后，你再也不会对脚下所踏之物毫不在意，漫不经心地走在大地上。每每看到一堆黏土，或是田野中的一个斑块，你总要用手或手杖去试探试探，正如其他人眺望星辰、观察人事，或者欣赏紫罗兰那样兴致勃勃。你会对黑色的腐殖质满怀热情，爱惜地揉搓林间那细腻的腐叶土，拾起紧紧团住的土块把玩，用手去称量又轻又软的泥炭。你会这样说：哦，天呀！我真希望能装一马车这样的土！哎，要是这边的腐叶土也能给我来一车就好了；还有这种腐殖质，最适合撒在

花园表面；给我装几块这种牛粪饼，一点儿河沙，几根烂木桩，再来一些溪底的淤泥，这扫拢在路旁的尘土也不错，对吧？我还想再来点儿磷肥和角屑，但这块漂亮又肥沃的小土地，已经没有什么比它更合我心意的了。理想中的土壤有万千形态，有的肥沃得像培根，有的轻盈得像羽毛，有的蓬松得像蛋糕，或金黄或黝黑，或干燥或盈润，各有各的特点，但都具有一种崇高的美丽；而那些油腻、结块、泥泞、坚硬、冰冷、贫瘠的土地则显得丑陋、腐朽、无可救药，它们是降在人类头上的诅咒，正如人类灵魂中的冷漠、麻木和恶意一般丑恶。

园丁的十月

十月到了，有人说这是大自然准备入眠的月份，但园丁却不以为然，他会告诉你，十月就和四月一样美妙。十月可是春天的第一个月份；到了这时，许多植物尚且潜伏在地下，却已经开始萌发，悄无声息地生长着，为花芽暗自积蓄力量。只要轻轻拨开一层薄土，你就能看到蓄势待发的嫩芽，足有你的拇指那么粗，还有纤弱的芽秆与铆足劲儿奋力生长的根系——我虽帮不上什么忙，但春天已然来临。园丁们，快走出家门，开始栽种吧（不过要小心，别铲坏了已经冒芽的水仙鳞茎）！

在所有的月份当中，十月是最适于栽种与移栽的月份。初春时节，园丁站在自己的花床旁，望着那一个个探出脑袋来的芽苞，沉思道："这里有点儿空荡荡的，我得加点儿什么才行。"几个月过去，园丁再次站到同一块花床前，这时花床上已经长出了高达六英尺的飞燕草、一丛丛浓密的小白菊、一片风铃草的森林，还有些只有鬼才知道是什么的植物。此时此刻，园丁再次沉思道："这儿未免太拥挤了，我得——呃——疏松疏松，移走一些植物。"等到了十月，园丁又站到了老地方，花床上只零零散散地四处支棱着些光秃秃的茎秆和干巴巴的枯叶，他再次陷入沉思，说出了似曾相识的话："这儿有点儿空荡荡的，我得加点儿什么才行。比如六株福禄考，或者一株高一点儿的紫菀。"说干就干，他马上行动起来。园丁的生活总是如此积极向上，也充满了变化。

每当园丁在十月的花园里找到一处空余，他就要满意地低声自言自语。"啧啧，"他对自己说，"这儿一定有什么植物死了。让我看看，我得在这儿种点儿什么。一枝黄如何，或者种些升麻？我的花园里还没种过呢。落新妇应该也不错，可秋天种白菊花肯定好看，要不就种些多榔菊，到了春天肯定能出效果。不然的话，我还是在这儿种一株马薄荷好了，'夕晖'或'剑桥红'两个品种都可以——哎，萱草花也一定会好看的。"他一路苦思冥想着往家里走去，又想起了可爱的刺续断，当然还有金鸡菊，就连药水苏也值得考

虑。于是，他急匆匆地向苗圃订购了一枝黄、升麻、落新妇、白菊花、多榔菊、马薄荷、萱草花、刺续断、金鸡菊和药水苏，这些还不够，又额外添上了牛舌草和鼠尾草。这些花苗迟迟没有送到，他也为此一连发了几天脾气。过了许久，邮递员终于送来了一个大箱子，里面满满当当地装着这些花苗，园丁便立马抓起铲子扑向了那一处空地。没想到第一铲下去，他就挖出了一大团错综盘绕的植物根系，顶部还集结着一簇饱满的芽苞。"罪过啊！"园丁扼腕叹息，"原来这里种了金莲花！"

有的园丁收集欲极强，甚至到了狂热的地步，自己花园中的植物种类越多越好——双子叶植物要种上六十八个属，单子叶植物也要种上十五个属，还有裸子植物，也得来上两个属才行；至于隐花植物，怎么说也得把蕨类植物都集齐吧，毕竟石松和苔藓实在是有些勉强了。更有甚者，已然走火入魔，心甘情愿要将全部生命献给某种特定的植物，而这一植物每一个被培育出来并获得命名的新品种，都是他们梦寐以求、也势在必得的。举例来说，球根植物爱好者们就对郁金香、风信子、百合花、雪宝花、水仙花、欧洲水仙等球根植物情有独钟，这些小小球茎中蕴藏的能量令人无限惊奇；报春花爱好者将自己的忠诚全部献给了报春花，银莲花爱好者也只会效忠于银莲花的行伍；还有鸢尾花的拥趸，如果没能集齐全部的无髯鸢尾、有髯鸢尾、李氏鸢尾、假种皮鸢尾、朱诺鸢尾和西班牙鸢尾（这还没算上杂交品种呢），他们一定会饮恨而终；别忘了飞燕草迷，他们成日里都在忙着伺候飞燕草；一些人格外钟

爱月季，只愿与杜鲁斯基夫人、赫里奥特夫人、卡罗琳·黛斯杜夫人、威廉·科德斯先生、贝奈先生等人为伴，这些人都曾将自己的名字赠予了某种月季，如今也已经转生为月季花本身；福禄考的爱好者平日里总喜欢对菊花爱好者冷嘲热讽，然而到了十月，菊花盛开，后者又会以牙还牙地回敬过去；还有生性多愁善感的紫菀爱好者，世界上有那么多美妙的馈赠，他们却唯独偏爱秋天的紫菀；在所有的花迷之中，最为疯狂的可能还要数大丽花爱好者（当然，仙人掌爱好者除外），他们为了得到某个原产美洲的最新品种，就算要花上一大笔钱也在所不惜……这么多派别里，只有球根植物爱好者在彼此之间形成了某种约定俗成的传统，甚至还立定了专门的守护圣人——圣约瑟夫，因其以手捧圣母百合的形象而为人所熟

知；不过，如果是现在的话，他拿在手里的没准儿就会换成更加纯白的新品种布朗百合了。话说回来，从没有哪位圣人是拿着福禄考或大丽花的，所以热衷于这些花卉的人总会被视为离经叛道，他们有时甚至会自立门户，创建自己的教派。

为什么这些小众教派不能有自己的"圣人传记"呢？让我们想象一下，比如说，大丽花圣乔吉纳斯①的生平。乔吉纳斯是一位虔诚的园丁，性行淑均，经过长时间的祈祷和禁食，终于成功培育出了第一株大丽花。异教的福禄考大帝听闻此事，勃然大怒，立即派遣手下官吏前去逮捕这位虔诚的乔吉纳斯。"你这个种土豆的！"福禄考大帝震怒道，"还不快向这些凋零的福禄考跪下！"

---

① 大丽花在捷克语中被称作"jiřina"，即"乔吉纳"。

"我是不会屈从的，"乔吉纳斯傲然回答，"因为大丽花就是大丽花，而福禄考只是福禄考。"

　　"把他给我碎尸万段！"暴虐的福禄考大帝尖叫道。于是，他的手下便将可怜的乔吉纳斯剁成了碎块，还毁掉了他的花园，并在里面撒满了绿矾和硫黄。然而后来，就在乔吉纳斯残破的身体上，竟然钻出了无数的大丽花芽，花型各异，有银莲花型、芍药花型、单瓣型、仙人掌型、星型、绒球型、迷你型、拇指型和环领型，以及各种杂交品种。

　　其实，秋天是个非常丰茂的季节。相比之下，春天就显得有些小家子气，秋天则大方许多，出手阔绰。在春天，你何曾见过长到十英尺高的紫罗兰？又何曾见过挺拔得足以遮蔽树木的郁金

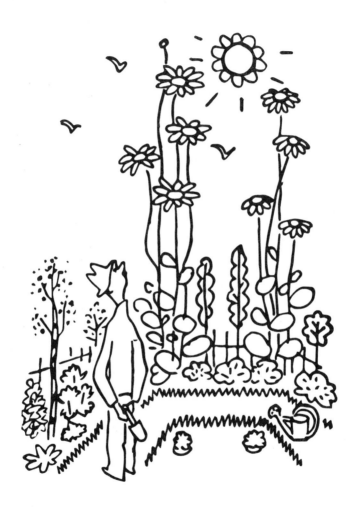

香？我说得没错吧？但是，你可以在春天种下一株秋天开花的紫菀，到不了十月，它便会长成一片足有十英尺高的茂密森林；到时候，只怕你根本不敢踏足半步，唯恐自己在里面迷了路。你也可以在四月的时候将一株向日葵栽到地里，而此刻它便会绽放出金黄的花朵，自高处嘲弄地冲你招手，哪怕你踮起脚也够不到。花园中的植物自由生长着，时不时地便会打破平衡，让景观看起来不那么协调。正因如此，每到秋天，园丁总要在花园里移栽一番，将自己的多年生植物挪来挪去，就像猫妈妈叼着小猫崽儿一样。每年，他都要在忙完一通后心满意足地如是说道："哎呀，总算是都收拾好了！"可等下一年，他又会带着同样的满足发出感叹。一座花园的建设永无止境。从这个角度来看，人类的一切事业不都是如此吗？

秋天之美

　　说起秋天之美，我本可以极尽笔墨，描写秋天绚烂的色彩，阴郁的雾霭，亡者的灵魂，天空的预兆，最后的紫菀，还在挣扎着绽放的月季，夜晚的朦胧灯光，墓园中烛火的香气，干枯的落叶……描写一切令人感怀的事物；但在这里，我却更想为我们捷克秋天另一件值得赞美的事物作出证词，那就是甜菜根。

　　甜菜根的产量之巨，没有哪种作物能够与之

相比。收获上来的玉米会被运到谷仓里，土豆会被储藏到地窖中，至于甜菜根，则会被装车拉到乡村的小火车站旁，在那儿堆出一座座甜菜根小山来。手持铁锹的人们将小山越堆越高，整齐地堆砌成几何形状的金字塔。火车从早到晚不停地驶来，将这些白色的锥体填入车皮，再源源不断地输送出去。世界上不少农产品都是沿着狭窄的路径向四面八方流通，再来到每个人家中的；甜菜根则不然，这种作物只以单一的路线流通，要么是流向最近的铁路，要么是流向最近的糖厂。甜菜根的收获总是声势浩大，宛如一场大规模的游行，又如一场盛大的阅兵。它们排列成团、成旅、成师，等待着运输，队列井然有序，呈现出巨大的几何图案，那是一种令人震撼的美感。运到糖厂后，工人们用甜菜根将筒仓填满，于是那些筒仓便成了一座座带棱角的纪念碑，成了真正的建筑。一堆土豆可有不了这样的效果，但一堆甜菜根便能超越其原本的意义，成为一座宏伟的建筑。城里人对种植甜菜的地方大概并无好感；但是现在，时值金秋，这些地方尽染一层独特的庄严。一座整齐的甜菜根金字塔是多么令人叹为观止，那是歌颂这富饶大地的丰碑。

除此之外，请允许我再为秋天最谦卑的美丽唱一曲颂歌。我知道，你可能没有大片的农田，也不曾用小车装运甜菜根，将其堆成小山；不过，你有没有为花园施过肥呢？当工人把肥料运送过来，整车倾倒在你的花园一角时，你会绕着这堆微微散发着热气的肥料兴奋地走来走去，用双眼和鼻子做着评估，最后赞许地说："老天保佑，真是不错的肥料呢。"

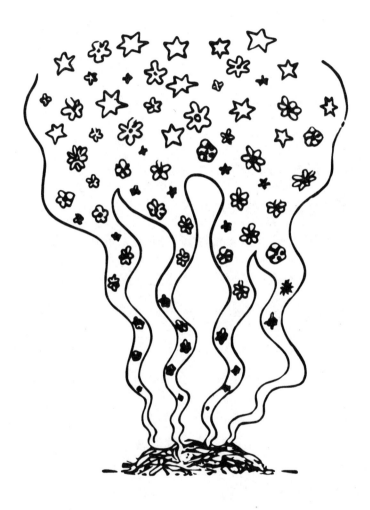

“不错归不错，”你又说，“可惜就是有点儿轻。”

“简直都是稻草啊，”你接着抱怨道，“里面基本就没什么粪肥嘛。”

“快走开吧，你们这些只顾着捂住鼻子的人。这可是上好的肥料，这么松软，你们却只知道躲得远远的，真是不识货！”

待你为花床一一施上所需的肥料后，便会生出一种微妙的感觉，似乎自己方才是在奉养大地。

赤裸的树木并非是全然荒凉的景象，它们看上去像是扫帚，又似乎是白桦树，也有点儿像搭房子时用的脚手架。此时，光秃秃的树上还留有一片树叶，颤颤巍巍地在风中舞动，就像是战场上最后一面尚在飘扬的旗帜，是烈士虽身死，也要在血流成河的沙场上举持的战旗。我们已经战亡，但决不投降。我们的旗帜依然迎风飘扬。

尚未投降的还有菊花。它们娇弱而轻盈，宛如一片或白或粉的泡沫，像是穿着舞裙的小淑女一般，透着清冷的气质。没有阳光，只有灰蒙蒙的浓雾和瓢泼的冰雨——你是在抱怨这些吗？菊花却不以为意，它们一心只想着绽放。在人们对恶劣的环境大发牢骚之时，菊花却始终坚守着信念。

即便是众神也不能免受季节变化的影响。在夏天，我们可能会成为泛神论者，将自己视为大自然的一部分；但在秋天，我们对自我的认知又会回归为人的本质。哪怕我们不做祈祷，不信仰宗教，生命的循环还是会如期进行。家家户户燃烧的每一团炉火，都是在向家神致敬。对家的热爱就像一种仪式，一如人们对神明的供奉。

园丁的十一月

　　我知道，这世上有许多体面的工作，比如为报纸撰写文章、当国会议员、担任董事会成员或签署官方文件，但无论这些职业有多光鲜、多受人敬重，都没有手握铁锹的园丁那么引人注目，也没有他们那种宛如雕像一般庄严肃穆的气质。身为园丁的你站在花床上，一只脚斜踩住铁锹，擦去额头上的汗珠，长嘘一口气："呼——"那模样无疑就是一尊极具寓言意义的

大地之子

雕像；只需小心翼翼地将你连根带土从地里挖出来，放置在一个基座上，再刻上"劳动最光荣"或"大地之子"之类的铭文，这件作品就完成了。我之所以提到这个，是因为现在确实也到了该锄地的时候。

没错，十一月正是翻松土地的时节。用铁锹翻动土壤的感觉像极了用勺子舀起满满一勺食物，令人胃口大开，心满意足。好的土壤也应该和美食一样，太肥、太腻、太凉、太湿、太干、太油、太硬、太粗、太生都不行，应该像面包、姜饼、蛋糕，像发酵好的面团；要一捏就碎，但不能碎成小块；用铁锹去铲，土壤应该应声碎裂，而不是像泥巴一样发出吧唧吧唧的声响；它也不应结成泥板、土块或蜂窝状的结构。你用铁锹去翻动土壤的时候，它应发出愉悦的呼吸声，顺从地化为一片细腻而蓬松的沃土。这上好的土壤看起来可口又美味，极富教养，气度不凡，深厚、湿润而柔软，透水性和透气性俱佳——总而言之，好的土壤就像良善之人一样，在这不如意的世界里，没有什么比这些更珍贵的了。

作为园丁的你应该知道，在当下的秋日里，你仍然可以继续植物的移栽工作。你得先把要移栽的树或灌木四周的土壤挖松，越深越好，然后用铁锹从树根下方向上撬，而铁锹往往就会在这个时候折成两截。有些评论家、演说家很喜欢在"根"这个话题上大做文章。比如，"我们应该回归'根'本"，"某种邪恶应该彻底'根'除"，"我们应该深入了解问题的'根'源"，等等。哼，话说得漂亮，我倒是很想看看他们该怎么连根拔起一棵——比如说，三年的椴梓树。

我也想亲眼观察一下英格院长要如何对付一株灌木，也不用太大，一小株假叶树就足够他折腾的了；还有萧伯纳，他又该如何处理一棵上了岁数的老杨树呢？我想，在经过好一番劳碌之后，他们一定会直起身来，恨恨地吐出一个字眼。我敢打赌，他们说的肯定是"该死！"我自己也试过挖起一棵榅桲树，不得不说，这活儿还真不好干；就让树根留在原地吧，这才是明智之举。它们明白自己究竟为何要向土壤深处扎去，丝毫不在乎来自人类的关注。要我说啊，就别管这些树根了，还是操心操心如何改善土质吧。

　　没错，重点就是改善土质。遇上呵气成冰的日子，一车粪肥便能展现出异乎寻常的美丽，宛如一座香烟缭绕的祭坛。当香气飘升至天堂，全知的神便会嗅嗅鼻子，评价道："嗯，真是上好的粪肥。"既然说到这儿了，我们便借机聊聊生命的神秘循环吧：一匹马吃下燕麦，排出的粪便又成了康乃馨和月季这些花儿的养料，等到来年，这些花儿便会散发出无比甜美的香气，以此来赞颂神的恩赐。园丁早已在那堆散发着臭味、混杂着干草的粪肥中捕捉到了花朵的甜香，他一边赞许地深嗅着，一边小心翼翼地将这神的恩赐遍撒在整座花园中，就像在为孩子的面包涂抹橘子果酱。来吧，小家伙，好好享用吧！赫里奥特夫人，这一堆都给你，谁叫你开得如此美丽繁茂；不要闹了，小白菊，这块蛋糕分给你；至于你，热情洋溢的福禄考，我要用这些肥料里捡出来的稻草为你铺一张床。

朋友们，怎么都皱着脸呀？你们不喜欢这个味道吗？

歇不了两天，我们就该为自己的花园进行最后一项服务了。等下过一两场早霜之后，我们就得用还绿着的树枝把地面盖住，再把月季枝压弯，用土埋好，接着在花床表面覆上一层富含树脂的云杉树枝，然后就可以对花园道晚安了。在这个过程中，丢三落四的园丁常常会把某样东西同那些树枝一起埋起来，比如一把小刀，或者烟斗；没关系，等到了春天，把树枝都清走后，我们总能与失踪的东西重逢。

不过，我们或许还是太心急了，十一月还有花在开呢。雅美紫菀花期较长，此时仍在眨着淡紫色的眼睛。一些心急的报春花和紫罗兰已经开了，谁说十一月不是春天呢？无论气候或政治环境多么恶劣，印度野菊花（虽然名字是这么叫的，但它并非来自印度，而是来自中国）的脚步向来风雨无阻，开出来的花朵有狐狸皮毛一样的火红，有亮闪闪的莹白，还有金色与石榴红的，模样纤巧，数量繁多。被尊为"花中皇后"的月季，此时仍在坚持最后的绽放；六个月来，它们一直在兢兢业业地履行着高贵的职责。

秋叶同样在绽放，黄色、紫色、橙色、火红、血红、辣椒红连成一片，无比绚烂。浆果也已熟透，红色的、橙色的、黑色的，表面的灰尘掩不住浓郁的色泽。就连树枝也色彩缤纷，黄色、红色、金色交织在一起，好看极了。还没完，纵使整座花园被积雪覆盖，也还有深绿的冬青树，叶片间掩映着晶莹剔透的红色果实，还有黑松、柏树和紫杉。生命的活力从来没有尽头。

我告诉你，对花园来说，根本就没有死亡可言，甚至连休眠也谈不上。我们只是从一个季节过渡到了另一个季节。生命永恒，我们必须保持耐心。

话说回来，就算你没有属于自己的土地，也还是可以趁着秋天对大自然表达自己的虔诚——方法便是在花盆中栽种风信子和郁金香的种球。寒冬漫漫，这些种球有可能会被冻坏，但只要能熬过去，它们便会开出美丽的花朵。操作步骤如下：先去买来自己想要的种球，再从离你最近的园丁家里讨来一袋上好的堆肥土。接着，去地下室和阁楼里将所有的旧花盆都搜罗过来，每个盆里放上一颗种球——往往种到最后，种球还有剩下的，可花盆已经用完了。于是，你又去买了几个花盆，这次可算是把种球都种下了，可花盆和土还有富余的。你又赶紧去买了一些种球，可这次土又不够用了，你只好再去买一包。这一次，

土又富余出来了，你当然舍不得丢掉，便决定再买一些花盆和种球。如此循环往复地买了这又买了那，直到家人忍无可忍地出手制止，你才终于做罢。窗台上、桌子上、衣柜上、储物柜上、地下室里、阁楼里，到处都摆满了花盆；此时你已做好了十足的准备，自信地静候冬天的到来。

准备工作

　　何必试图掩饰呢？大自然已经安然卧下，准备进入冬眠，周遭的一切迹象都不容错认。叶子以一种美丽而哀愁的姿态，一片接一片地从白桦树上飘落。花事已了，生命再度回撤至土壤中。在一年的发荣滋长与竞相怒放之后，花园里的植物终于停了下来，只留下满园光秃的茎秆与潮湿的树桩，僵槁的灌木与枯萎的枝干。就连土壤本身，也可悲地散发着腐朽的气息。何必试图掩盖事实呢？今年已经来到了尾声。菊花们，不要再强颜欢笑了；白色的小委陵菜，不要将这强弩之末的残阳误认成三月灿烂的太阳了。抱怨无济于事，孩子们，游行已经结束了；轻轻躺下，进入冬天的睡眠吧。

不对！不对！你这话是什么意思？不要这样说！这算什么睡眠？每年我们都说大自然进入了冬眠，但我们还从没有仔细观察过这种所谓的睡眠呢；或者，说得更准确一点儿，我们还没有从土壤下面观察过这种睡眠。有时，得把事物颠倒过来看，才能对其了解得更加透彻；观察大自然也是如此，只有将其整个儿颠倒过来，转换视角，你才能看得真切。——好家伙，这也算是安眠吗？你管这叫休息？更为贴切的说法是，植物暂停了向上的生长，因为它们已经根本顾不上了；它们个个挽起袖子，往手心里吐上唾沫，开始奋力向下生长，将自己的根系朝着土壤深处扎去。你看，土里这团白白的东西就是刚长出来的根须，此时已密密地交缠在了一起，扎得多深啊。嘿哟！嘿哟！大地在这番愤怒的大冲锋下发出了开裂的声响，难道你听不见吗？"报告将军，根系突击队已经成功攻入敌人的领土，福禄考派出的侦察兵已与风铃草先遣队会合。""很好，让它们在新占领的领土上站稳脚跟吧，我们的目标已经达成。"

这些又白又肥嫩又脆弱的东西便是新生的胚芽和幼苗了。快瞧，简直多得数都数不过来！别看那些多年生植物表面上一副零落枯凋的样子，实际上却是如此欣欣向荣，如此意气风发，如此生机勃勃！难道，你管这叫安眠吗？落叶残花都随它去吧，何必伤春悲秋！生命真正的战场就在我们脚下，在土壤深处。这里、这里，还有这里，到处都有新的枝条在生长，三月的生命正在这十一月的土壤中酝酿，春天的伟大工程正在地面之下谱写序章。现在还不是休息的时候；快看，蓝图在这儿呢，这里要开挖地基，那里则用来铺设排水系统；还得抓紧时间赶在霜冻彻底封锁大地之前汲取养分。秋天的先驱工作已经完成，到了春天，便可在这基础上构筑出苍翠的拱顶。潜伏于地下的力量已经完成了自己的职责。

土壤深处，一枚枚球根的顶端开始膨胀，冒出饱满壮实的新芽，在枯叶的掩映下探出了怪模怪样的脑袋，宛如一颗颗小炸弹，很快便将迸出春天的花朵。我们常说春天是万物萌发的季节，可实际上，萌发的过程早在秋天便开始了。我们游目于天地之间，观察四季的更迭，说秋天是一年的终结，此话并不为过；但是如果说秋天才是一年的开始，同样不无道理。人们都以为秋天是树叶凋零的季节，确实也不能否认这个事实；但我坚持认为，从更深层的意义上来讲，秋天也同样是树叶萌发的季节。树叶之所以凋零，是因为冬天的到来，但也是因为春天已经开始，新的嫩芽已蓄势待发，就像一个个小小的引信，即将引爆一整个春天。秋天的树木和灌木看似赤裸，但这其实只是错视；实际上，它们已经披好了春天即将绽放的一切。我心爱的花儿到了秋天，无一能逃脱枯萎凋谢的命运，但这也只是种错视罢了；实际上，它们正在迎接新生。就在我们都以为大自然陷入安眠之时，它却在默默地拼命劳作着。大自然关起了店铺，拉下了百叶窗，但自己还在幕帘后整理着货物，一一拆箱上架，让货架不堪重负地弯出了弧度。这才是真正的春天，如果现在不完成这些准备工作，等到四月就来不及了。所谓的未来并非处于未来，而是已经化身为胚芽，早已与我们同在；而那些并不与我们同在的，即便到了未来也不会出现。我们无法看到胚芽，因为它们还蛰伏于土地之中；我们也无从了解未来，因为未来就在我们的心里。有些时候，我们身上也似乎散发出了腐朽的气息，这是因为我们都难逃过去残迹的缠扰。但只要看看有多少饱满莹白的新芽正从旧耕过的土地上勃发，有多少种子正秘密地萌芽，有多少上了年岁的植物正重整旗鼓，凝神结出花苞，等待一个重新焕发的机会——只要能看到在我们内心深处不断跃动的未来，我们就能明白，现在的一切忧伤与犹疑都只是庸人自扰，最美好的事情便是做一个真正活着的人，一个不断成长的人。

园丁的十二月

　　是的，没错，现在一切都已圆满结束。目前为止，园丁已经将地彻底锄过、挖过、松过、翻过，还施了肥、撒了石灰，也没有忘记铺上一层泥炭、尘土和炉灰；他完成了大量修剪、播种、栽种、移栽和分株的工作，还将各种球根埋进了地里，又把一些块茎从土中起了出来，准备过冬；他日日洒水浇灌，割草除草，用树枝为植物挡风遮雨，耙理植物四周的土壤——这一切都是园丁在二月至十二月之间完成的。可直到现在，花园被积雪覆盖，他才终于意识到自己忘记了一件事：好好看看自己的小花园。你得理解，之前他可一直没有时间呢。夏天的时候，他本来正急着去看刚刚开花的龙胆，半路却被杂草吸引了视线；飞燕草开了，他本来想好好欣赏一番，却发现飞燕草弯下了腰，于是又急忙跑去寻找支撑物；紫菀花开了，他却只顾着找水壶来为它浇水；福禄考开了，他却在埋头处理一旁的偃麦草；月季开了，他要么是在忙着思索该剪去哪儿的侧枝，要么是在头疼该怎么解决锈病；菊花开了，他又赶紧找来锄头，准备为菊花好好松一松土，因为四周的土壤已经板结。所以，你指望他怎么办呢？总有干不完的活儿，他怎么能无所事事地双手插兜，优哉游哉地欣赏花园呢？

现在可好了，真是谢天谢地，一切都圆满结束了。或许还有些事情要做，后边的泥土板结得跟铅块似的，园丁还想把这株矢车菊移到别的地方去呢——还是歇一歇吧，雪已经降下了。园丁啊，我想问问你，这大概是你第一次好好欣赏自己的花园吧，你有什么感想吗？

唔，从雪里支棱出来的这株黑乎乎的东西是枯掉的蝇春罗；这根干巴巴的枝子生前是蓝色的耧斗菜；那簇干枯的叶子是络新妇；看那儿，那丛大扫帚似的东西是柳叶白菀；再瞧过来，你别看这儿空落落的，其实下面埋着橙色的金莲花；这堆雪下面盖着的当然是石竹了；至于那根梗嘛，大概是红色的蓍草。

嘿，真够冷的！就算是冬天，还是没办法好好欣赏自己的花园。

行了，我还是回屋子里把火生起来吧，就让花园在白雪织成的羽绒被下好好安睡。换换脑子倒也不错：桌子上摆满了还没来得及读的书呢，是时候翻开了；还有那么多要操心的事儿呢，也得尽快去做才行。不过，花园里所有的东西都用树枝盖好了吧？鸢尾兰裹好了吗？没忘记给白花丹盖被子吧？山月桂得用树枝保护一下。杜鹃花要是冻坏了可怎么办？花毛茛的块茎还在地里，明年要是发不了芽怎么办？如果它没活成，那就换成……等等……等一下，不如来翻翻邮购目录吧。

十二月的园艺之乐通常只能到成堆的《园艺邮购目录》里去寻找。园丁自己则坐在生着火的房间中，让玻璃窗屏去寒意，整个人埋在一堆乱七八糟的东西里，不是肥料或枯枝，而是各种各样的《园艺邮购目录》、传单、图书和小册子。他读啊读啊，就得出了这样的结论：

1. 自家花园里没有的那些植物，才是最具价值、最令人满足且最不可或缺的。

2. 他所有的植物都"相当娇气""易受冻害"。一种"喜湿耐涝"的植物竟然被他与另一种"不耐潮湿"的植物并排种在了一起；他还将"性喜全阴"的植物特意种到了阳光最好的位置，而需要全日照的又被他误种到了阴凉处。

3. "值得更多关注"和"每一座花园都必须拥有"的植物比比皆是，更不用说还有很多"表现十分亮眼、远远优于以往的全新品种"，所有这些数下来竟有三百七十种之多。

园丁得知这些之后，便在十二月陷入了深深的忧郁。他先是担心起来，害怕由于霜冻、真菌、

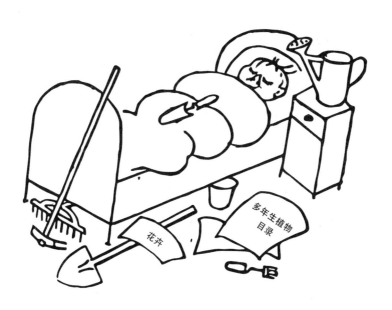

过湿或过干、阳光过盛或阳光不足等问题，花园中的植物到了春天会什么也长不出来。为此，他开始绞尽脑汁，苦苦思索该如何填补那些可怕的空缺。

随后他又发现，就算花园里现有的植物都能逃过此劫，方才在那六十来本邮购目录上看到的"最具价值、开花极多、无与伦比"的全新品种，他还是一种都没有；这他哪儿能忍得了啊，得赶紧想想办法才行。于是，正在猫冬的园丁便对自己花园里已有的那些植物完全丧失了兴趣，满脑子想的都是自己还没有的那些，这个数量可就大得多了。他迫不及待地扑向邮购目录，快速地勾选出那些必须订购的品种——哎呀，他的小花园里可不能缺了这些。他上来便一口气勾出了四百九十种，每种都是他无论如何都必须拥有的；

但在清点过数量之后，他便蔫了，开始划掉一些今年只得暂且放弃的品种，心里痛得像是在滴血。这种痛苦的淘汰过程至少要经历五次，才能最终筛选出"最绚烂美丽、最令人满足、最不可或缺"的一百二十来种。挑选完毕，他便立刻雀跃着下了订单。"务必在三月初发货！"——啊，如果现在就是三月，那该有多好！园丁沉浸在狂热之中，急不可耐地想道。

只可惜，他被狂热蒙蔽了双眼。等到三月，任他在花园里多么艰难地来回搜寻，能找到的可以种植物的地方也不过两三处而已，还都只是日本海棠与篱笆之间的犄角旮旯。

在完成了这项最重要的（正如你所见，确实有些仓促）冬季任务之后，园丁便陷入百无聊赖的状态。他掰着指头数起距离三月还有多少日

子，因为三月便是所谓"阳和启蛰，品物皆春"的时候。可怎么还有这么久？于是，他自己减去了十五天，借口道"有时二月份就算入春了"。但无论怎么数都没有用，他必须等待。想到这儿，园丁只好一头扎进沙发或者躺椅，试图效仿大自然的样子，进入冬眠。

还没过半小时，他便从卧躺的姿势一跃而起，原来是想到了一个好主意——花盆！花盆不是也能种花吗？他眼前顿时浮现出了一幅由棕榈树、拉塔尼亚芭蕉、龙血树、紫露草、芦笋和君子兰交织而成的美景，极具热带风情；当然了，这些植物之间肯定还得摆上几盆被屋里的热乎气儿促开的报春花、风信子和仙客来；可以把走廊打造成一片赤道丛林，让藤蔓顺着楼梯垂荡；窗户前的空间就用来放些容易爆花的植物吧。他一边畅想，一边环顾四周，眼中看到的不再是自己居住的房间，而是他即将在这里创造出的森林天堂。他一刻都等不及了，扭头飞奔向住在街角的另一位园丁家里，带回了一大堆植物，如同抱着满怀的宝藏。

园丁毫不吝惜力气，只想尽量往家里多搬些植物，谁承想却发现：

他在家里把这些植物通通摆好，却一点儿也不像什么赤道丛林，而更像是个小陶器铺。

窗边什么东西都不能放，因为家里的女人发话了，窗户是用来通风的。

楼梯上也不能摆，因为容易把楼梯上弄得又是泥又是水。

把客厅改造成热带森林更是没门，无论他怎么软硬兼施，女人还是坚持要把窗户打开，让寒

冷清新的空气涌入。

　　无奈之下，园丁只能把他的宝藏搬进了地下室；同时也安慰着自己，这些植物在这儿总归是冻不死的。可等到春天，园丁再次将手指插入室外温暖的泥土中时，他便立刻将地下室里的植物抛到了脑后。尽管如此，这教训却还是阻止不了他在来年十二月再次尝试用新的花盆将自己的住所改造成一座冬季花园。大自然的生生不息，你尽可以领略于其中。

园艺生活

有人说，时间孕育了月季。这句话确实不无道理，一般要耐心等到六月或七月才能看到月季花开，而一株月季往往要长足三年，才能开出饱满又漂亮的花来。我们也可以以此类推，说时间孕育了橡树，或者时间孕育了桦树。我自己就种过一些桦树，还有一株小橡树苗。栽下之初，我曾信心满满地说："以后这里就会变成一片桦树林，角落里还会有一棵枝繁叶茂的老橡树。"然而，两年过去了，哪里见得到什么枝繁叶茂的老橡树，那些桦树自然也还没有长成古老的桦树林，供仙子们在其中翩翩起舞。好吧，那就再多等几年吧，我们园丁有的是耐心。我家草坪上有一棵黎巴嫩雪松，现在个头跟我差不多高，但听专家说，雪松树高可达三百英尺，胸径可达五十英尺。如果它有朝一日真能长到那么高、那么大，我可真想亲眼瞧一瞧。但愿我能健康长寿，一直活到那个时候，好好赏享自己劳动的回馈。就在这会儿工夫里，它貌似又长高了十英寸；哎——我们就好好等着吧。

再拿小草来举个例子吧。只要播下草籽的方法得当，草籽也没被麻雀挑走吃掉，小草便会在两个星期内探出头来，六个星期后就需要修剪了；但这样的草坪与理想的英式草坪还有一定差距。

我倒是知道一个打造英式草坪的秘方（说起来就跟制作伍斯特辣酱油的秘方似的），秘方来自一位"英国乡绅"。曾经有位来自美国的百万富翁向那位乡绅讨教："先生，到底怎样才能打造出如此完美、均匀、平整、嫩翠又持久的英式草坪，就像你园子里的一样？只要你愿意告诉我，无论你开出什么价码，我都可以照付。""其实很简单，"那位英国乡绅答道，"首先土壤必须要深翻好，丰沃而疏松，不酸也不黏，不过肥也不贫瘠；还得把土壤铺平，要像桌面一样平整；接着就可以播草籽了，播好后再把土压实；然后就是每天浇水，等草长好后，每周都要修剪一次，修剪完还要用扫帚把草屑打扫干净，再次压实土壤。记得每天都必须浇水，无论是泼洒还是喷灌，都得让土壤一直保持湿润状态。如果你能坚持个三百年，就可以拥有和我一样漂亮的草坪了。"

此外，还有一件事是我们每位园丁都希望去做，并且也确实应该去做的，那就是通过亲身实践来好好观察不同的月季，研究它们的花蕾、花冠、茎秆、叶片以及其他特征。不只月季，还有各式各样的郁金香、百合、鸢尾、飞燕草、康乃馨、风铃草、落新妇、紫罗兰、福禄考、菊花、大丽花、唐菖蒲、芍药、紫菀、报春花、银莲花、耧斗菜、虎耳草、龙胆、向日葵、萱草花、罂粟、一枝黄、花毛茛和婆婆纳，每种植物下都至少能数出十二个最漂亮、最不容错过的亚种、变种和杂交种。除了这些，还有几百个属和种的植物有待探索，好在它们各自的品种只有三至十二个不等。此外，应该特别关注一下高山植物、水生植物和球根植物几个大类，还有帚石南、蕨类和各种喜阴植物，也别忘了各种木本和常绿植物。如果把培育这些植物所需的时间都加起来，大概需要一千一百年，这还是非常保守的估计。于是，园丁便希望自己的寿命能够长达一千一百年，好来试验、学习、了解并尽情欣赏自己所培植出的生命。这个时间没法再短了；好吧，我顶多为你打个九五折，或者你也不必非把所有的植物都种上一遍，虽然这肯定是值得的；不过，如果你已经下定决心要完成此等大计，就必须抓紧时间，一天也不能浪费。既然已经开始，就一定要认真完成，这是你对你的花园应尽的责任。我给不了你什么秘方，你必须自己去探索，并且持之以恒。

不知怎的，我们园丁总是为了未来而活。看见绽放的月季，我们便会想到，它明年一定会开得更好；再过些年，这株小云杉苗就能长成参天大树了——要是只消一眨眼便能快进到那若干年后该多好啊！五十年后，这片桦树林又会变成什么模样呢？我真想亲眼看看。最美好的答案永远在前方等待着我们。岁月不断流转，每一年都会带来更多的成长与美丽。感谢上天，我们又向前迈进了一年！